LE ROI SANS PITIÉ

Ce livre est une fiction. Toute référence à des évènements historiques, des personnages ou des lieux réels serait utilisée de façon fictive. Les autres noms, personnages, lieux et évènements sont issus de l'imagination de l'auteur, et toute ressemblance avec des personnages vivants ou ayant existé serait totalement fortuite.

Collection New Romance® créée par Hugues de Saint Vincent,
dirigée par Arthur de Saint Vincent
Ouvrage dirigé par Bénita Rolland
Traduit par Caroline de Hugo

34/36, rue la Pérouse
75116 - Paris
www.hugoetcie.fr

ISBN : 9782755641424
Dépôt légal : mai 2019
Imprimé en France par CPI Brodard et Taupin - N°d'impression : 3031884

NEW ROMANCE®

MEGHAN MARCH

LE ROI SANS PITIÉ

Traduit de l'anglais par Caroline de Hugo

MOUNT SÉRIE
TOME I

Hugo Roman

La Nouvelle-Orléans m'appartient.

Vous ne connaissez pas mon nom, mais je contrôle absolument tout ce que vous avez sous les yeux et tout ce que vous ne voyez pas. Mon pouvoir ne connaît pas de limites et mes volontés sont toujours exaucées.

Je n'ai aucun besoin de prêter de l'argent à une distillerie familiale au bord de la faillite, mais cela m'amuse qu'ils aient une dette envers moi. Qu'elle ait une dette envers moi.

Elle ignore qu'elle a retenu mon attention.

Elle aurait dû être plus prudente.

Je vais la posséder. La consommer. Et, peut-être même, la garder.

Il est temps pour moi de récolter mon dû.

Keira Kilgore, tu es à présent la propriété de Lachlan Mount.

UN

KEIRA

CE SONT DES BRUITS DE PAS ?

Je me tétanise devant la porte de mon bureau fermée à clé, je fixe la poignée comme si elle était contaminée à l'anthrax.

Mes employés n'auraient pas osé. Ils savent que mon bureau, c'est sacré. Et mes parents sont en Floride, à plus de mille cent kilomètres de là, ils vivent leur vie de retraités grâce au chèque mensuel que je leur envoie sur les maigres profits de la distillerie. J'ai du mal à joindre les deux bouts, même après que quatre générations se sont échinées à produire du whiskey irlandais à La Nouvelle-Orléans.

Ce sous-sol n'est pas hanté. Ce sous-sol n'est pas hanté.

Je me répète cette phrase comme un mantra, jusqu'à ce que mon rythme cardiaque retrouve un semblant de calme. Le fantôme de feu mon mari n'a pas intérêt à débouler, parce que le ciel m'en est témoin, si c'est le cas, je tuerai Brett à nouveau moi-même. En invoquant la volonté de fer qui m'a été nécessaire pour sortir cette entreprise de l'ornière, j'attrape la poignée, j'ouvre la porte d'un grand coup et je me rue à l'intérieur en tentant de profiter de l'effet de surprise. Ou d'un semblant de courage. Ou… de quelque chose.

– On essaie de faire une entrée remarquée ?

La voix grave qui monte des ténèbres me glace jusqu'à la moelle. Je ne l'ai entendue qu'une seule fois jusque-là, à travers cette épaisse porte de bois fermée par laquelle je viens de faire irruption, mais elle proférait des menaces que je n'avais pas comprises. Elle ne posait pas de questions sur ce ton cool et parfaitement contrôlé.

Je ne veux absolument pas me retrouver dans le noir avec cette voix.

Ce n'est pas celle d'un fantôme. C'est bien pire.

C'est un putain de monstre dont on parle à voix basse, mais qu'on ne mentionne jamais dans la bonne société, comme si le simple fait de dire son nom allait le faire apparaître. Et personne n'en a envie. Je ne l'ai jamais prononcé. Je ne veux même pas y penser, mais mon cerveau le fait pour moi de toute façon.

Lachlan Mount.

À tâtons, je cherche l'interrupteur sur le mur en béton, mais quand j'appuie dessus, il ne se passe rien.

Oh, doux Jésus ! Je vais mourir et je ne verrai même pas la mort arriver.

Ma vieille lampe de bureau cliquette, sa lumière tamisée éclaire mon bureau. J'aperçois d'abord ses mains larges, puis ses avant-bras hâlés aux manches blanches roulées. La lumière n'atteint pas son visage.

– Fermez la porte, Mademoiselle Kilgore.

Il connaît mon nom. En ravalant ma salive, j'avance la main comme pour répondre à son ordre. Je cherche la poignée derrière moi bien que je n'aie qu'une envie, fuir à toutes jambes. Chez les flics. Peut-être pourraient-ils… je ne sais pas. Me sauver ?

Je jette un coup d'œil derrière moi en saisissant la poignée alors que la porte se referme en grinçant. Mon envie de fuir augmente au fur et à mesure que la faible lumière du couloir disparaît.

– Faites un seul pas dans cette direction, et vous perdez tout.

Mes pieds se figent sur le sol de ciment craquelé, la sueur se met à perler entre mes seins. En temps normal, j'aurais attribué ça à l'état que déclenchent les alambics de whiskey, qui ressemble étrangement à celui que procure une séance de sauna, mais pas ce soir.

– Que voulez-vous ? je murmure. Que faites-vous donc ici ?

La chaise craque lorsqu'il se lève. Ses doigts épais reboutonnent sa veste, mais son visage reste toujours dans la pénombre.

– Vous avez une dette envers moi, Mademoiselle Kilgore, je suis venu l'encaisser.

– Une dette ?

Je tente de comprendre comment diable je pourrais bien lui devoir de l'argent. Je ne l'ai jamais rencontré. Putain, je ne l'ai jamais rencontré, j'ai juste entendu sa voix, une fois, quand j'écoutais aux portes. Les filles dans mon genre ne fraient pas avec des hommes comme lui, enfin, la plupart des filles dans mon genre. Certaines rumeurs ont circulé, on a raconté qu'il aurait pris comme maîtresse Richelle LaFleur, une fille de notre église, jusqu'à ce qu'elle disparaisse, il y a un an de ça. Je repousse résolument cette pensée. J'arrive malgré tout à lui demander :

– Que voulez-vous dire ?

Avec deux doigts, il repousse un document intitulé *Reconnaissance de dette* dans le rond de lumière, sur le plateau en bois tout rayé de mon bureau. Je fixe le document, je suis trop paniquée pour faire le moindre pas dans sa direction.

Oh mon Dieu, Brett, qu'as-tu fait ?

Mon cœur bat violemment contre mes côtes.

– Vous ne voulez pas savoir combien votre mari a emprunté en hypothéquant cet endroit ?

– Combien ? je demande, en avançant un peu vers lui malgré moi.

– Un demi-million de dollars.

J'ai le souffle coupé.

– Vous mentez.

Les deux mains posées sur le bureau, il se penche en avant, exposant ainsi son visage à la lumière blafarde. Ses traits sont durs, comme taillés dans le granit, ses yeux noirs sont perçants, son regard implacable contraste avec le style relativement civilisé de son costume, qui lui va à la perfection.

– Je ne mens jamais.

Un demi-million de dollars ? C'est impossible.

– Je l'aurais su si Brett avait emprunté une telle somme, et je vous le répète, il ne l'a pas fait.

Il hausse les épaules, comme si cette information n'avait pas la moindre importance pour lui. Et peut-être est-ce le cas.

– Sa signature le prouve bien, et cette dette reste impayée.

Mes yeux se concentrent sur les papiers posés sur mon bureau. *S'il a réellement fait ça…* ce serait catastrophique. Quatre générations de Kilgore ont consacré tous leurs espoirs, leurs rêves et leur fortune à conserver vivant cet héritage. Il est impossible que tout ça s'arrête avec moi.

– Je n'ai pas cet argent.

– Je le sais.

Sa réponse me fait reculer.

– Alors, pourquoi…

Il sort de la lumière et se dirige vers moi. Je me plaque contre le mur au fur et à mesure qu'il avance en me bloquant la voie, m'interdisant ainsi toute retraite. Il n'y a plus de fuite possible. Il m'a piégée.

– Parce qu'il y a quelque chose que je pourrais accepter en échange.

J'ai un mal de chien à parler d'une voix calme, mon cœur menace d'exploser dans ma poitrine.

– Quoi ?

Il s'arrête à un pas de moi, ses lèvres pleines forment un mot, un seul :

– Vous.

DEUX

KEIRA

Je ferme la porte à clé et je m'appuie contre le panneau de bois dès qu'il s'est refermé derrière lui. Tout mon corps tremble comme si je venais de rencontrer l'Antéchrist. Tout ce qui reste de Lachlan Mount dans mon bureau, c'est son parfum faussement séduisant, une explosion intense d'agrumes mélangés aux épices et au cèdre, et ma peur panique. Je ne peux oublier la reconnaissance de dette. Mon regard papillonne en direction de mon bureau. Ce doit être un faux. Brett n'a pas pu emprunter cinq cent mille dollars en hypothéquant la distillerie, il n'a utilisé cet argent pour aucun des travaux d'amélioration que j'ai réalisés. Chaque dollar investi dans cet endroit provient des grands numéros de cirque que j'ai faits auprès de chaque banquier de cette ville. Je suis endettée jusqu'au cou, ou du moins, je l'étais. À présent, je suis noyée sous les dettes.

Lachlan Mount.

Je ferme les yeux et redresse le menton en maudissant intérieurement mon mari décédé. Mon père dirait sans doute que je ferais mieux de fouiller le sol du regard pour y trouver son âme.

Comment as-tu pu me faire ça, espèce d'enfoiré ?

Cette dette… cet homme… c'est le dernier clou dans le fameux cercueil de Brett. Comment ai-je fait pour ne pas m'apercevoir de qui il était ? L'autoflagellation me submerge pour la millième fois. C'est comme un mauvais téléfilm que je ne peux m'empêcher de me passer et repasser. J'ai cru à son baratin. J'ai pensé que nous allions reconstruire l'empire familial. J'ai été assez idiote pour proposer de nous marier en cachette, parce que j'étais certaine que c'était lui le bon. Mais je me suis vite rendu compte qu'il n'était qu'un trou du cul d'opportuniste qui me trompait avant même que nous soyons mariés, et qui s'est mis à vider le compte bancaire de la distillerie dès qu'il y a eu accès. Je frappe du plat des mains la solide porte en chêne derrière moi.

– Va chier, Brett. Va. Chier.

Je respire un grand coup, j'ouvre les yeux et je me redresse. Mon moment d'apitoiement est terminé. Je viens tout juste de passer trois mois à gérer les retombées de sa mort, un mois de plus que la durée de notre mariage, et au moment où je pensais avoir enfin repris pied…

Lachlan Mount fait son apparition.

Je regarde une fois de plus le document posé sur mon bureau. Le bureau que mon arrière-grand-père a apporté par bateau d'Irlande, auquel il était assis lorsqu'ils ont signé le tout premier contrat de location du terrain de la distillerie *Seven Sinners*. Ils étaient sept frères, et leur optimisme quant au marché du whiskey avait été indéniable. J'avais cru m'être enfin prouvé que j'étais digne de m'asseoir à ce bureau lorsque mon père avait consenti à me laisser lui racheter l'affaire. J'étais tellement fière d'être la première femme à prendre les commandes d'une distillerie qui produisait le meilleur whiskey qui soit dans la grande tradition irlandaise à La Nouvelle-Orléans, là où notre famille s'était enracinée et avait prospéré, même pendant cette saleté de Prohibition. Une partie de moi aurait aimé vivre à cette époque d'anarchie. Où la raison du plus fort était la meilleure et où un homme, ou une femme, pouvait grimper ou tomber suivant l'envie qu'il ou elle avait de travailler plus ou moins dur. Mais, là encore, je pouvais très bien imaginer Lachlan Mount éliminant tous ses concurrents à la mitraillette. Sauf que c'était probablement ce qu'il faisait maintenant. En réalité, je me demandais bien comment nous avions réussi à lui échapper aussi longtemps, mais visiblement la chance a tourné.

J'ai pris mon courage à deux mains et j'ai traversé la pièce au sol froid et fendillé pour examiner le document posé sur le bureau. Je me suis avancée comme s'il me fallait enfiler une combinaison de protection avant de le toucher et j'ai saisi un coin de la feuille entre le pouce et l'index.

Je délègue autant que faire se peut la partie légale de mes affaires à des avocats, mais leur tarif horaire est tellement délirant, il chiffre si rapidement qu'en ayant déjà du mal à payer mes arriérés de factures, j'ai dû apprendre à me débrouiller par moi-même pour que ça me coûte moins cher.

Reconnaissance de dette.

Je la lis mot après mot.

Pour résumer, ce document explique très clairement la perte de mon entreprise familiale. Brett Hyde a emprunté cinq cent mille dollars à Lachlan Mount il y a quatre mois et il était censé le rembourser la semaine dernière, date de l'anniversaire des trois mois de la mort de Brett. Ou si vous voulez plus de détails, l'anniversaire de la découverte de son corps dans le Ninth Ward[1] dans une voiture carbonisée, en compagnie des restes d'une femme non identifiée.

Un tourbillon d'émotions éclate dans ma poitrine, à la manière des brass bands[2] qui rivalisent sur les trottoirs du quartier français en échange des dollars des touristes.

C'est une catastrophe.

Je ne peux pas payer.

Mount sait que je ne peux pas payer.

Mais il y a quelque chose qu'il est prêt à accepter en échange.

---

1. Le *9th Ward* est un quartier de La Nouvelle-Orléans, situé dans la partie la plus à l'est de la ville. (NdT, ainsi que pour les notes suivantes).
2. Orchestres traditionnels de La Nouvelle-Orléans, composés de cuivres et de percussions.

Je fais le tour du bureau en titubant, j'ai les jambes en coton, je m'effondre sur ma chaise.

Vous.

Des frissons m'envahissent et font frémir chaque centimètre carré de ma peau nue, pourtant le cuir retient toujours la chaleur de son corps. C'est comme si son sang était plus chaud que celui d'un homme normal. Et c'est peut-être le cas. Une chose est certaine, c'est que Lachlan Mount n'est pas un homme ordinaire.

Mais que peut-il bien vouloir chez moi ?

Ma voix intérieure me sermonne. *Tu es sérieuse ? Qu'est-ce qu'un homme peut bien vouloir chez une femme ? Tu vas le payer en nature.*

Il n'y a que deux ou trois choses dont je sois absolument certaine sur cette terre. Que le whiskey *Seven Sinners* est le meilleur que j'aie jamais goûté. Que La Nouvelle-Orléans sera toujours chez moi. Et que je ne vais pas me prostituer pour payer les dettes de mon mari disparu.

Mais ce mot résonne dans l'air.

Vous.

Ma main tremble lorsque je compulse les pages pour me remettre les termes exacts en mémoire. C'est une évidence, les seules choses importantes inscrites sur ces papiers, ce sont la somme due et la date à laquelle elle doit être remboursée. Je feuillette les pages. Je ne veux plus les regarder, mais voilà qu'au verso, je tombe sur un gribouillis sarcastique qui me nargue.

« *Un délai de paiement de sept jours vous est accordé.* »

En dessous, il y a une signature totalement illisible, mais pas besoin d'être un génie pour savoir à qui elle appartient.

Sept jours ? À vrai dire, même sept mois ne seraient pas suffisants. Je ne peux pas trouver un demi-million de dollars.

Qu'est-ce Brett a bien pu faire avec cet argent ? J'attends, en silence, comme si le Seigneur allait me donner la réponse, mais bien évidemment, ce n'est pas le cas.

Est-ce que ça a tant d'importance que ça ? L'argent a disparu. Disparu. Et c'est moi qui suis piégée parce que, comme je l'ai appris de façon déplaisante, en tant qu'unique bénéficiaire et exécutrice testamentaire, c'est à moi de régler toutes ses dettes. Les dégâts causés par un mauvais mariage durent en fait bien plus longtemps que *jusqu'à ce que la mort nous sépare*. Je ne vais pas me laisser faire et payer pour les mauvaises décisions qu'a prises Brett derrière mon dos. Le frisson de peur constante qui coule dans mes veines a tendance à affaiblir ma volonté de fer.

– Je trouverai un moyen d'arranger ça. D'une façon ou d'une autre. Je trouverai.

Le silence de mon bureau est la seule réponse dont j'ai besoin. Moi-même, je n'y crois pas. Mais je dois réagir, sinon je suis baisée. Et apparemment, c'est Lachlan Mount qui va s'en charger.

TROIS

KEIRA

J'envisage ma vie comme un général. Un tacticien. Chaque décision est pesée et exécutée avec précision. Mon père disait toujours que j'aurais dû être chirurgien, mais la seule chose que j'ai jamais eu envie de faire, c'est de fabriquer du whiskey. Il aurait voulu un fils pour perpétuer la tradition familiale, mais il a eu trois filles et je suis la seule qui savait faire la différence entre un single malt et un single barrel[3].

Pour l'instant, j'ai besoin d' informations sur cet homme de l'ombre, je vais donc chercher à la source la plus évidente, Google. Je tape son nom et en moins d'une seconde le message suivant apparaît sur l'écran.

VOTRE RECHERCHE – LACHLAN MOUNT – NE CORRESPOND À AUCUN DOCUMENT.

---

3. Un whisky *single barrel* provient d'un fût unique numéroté.

C'est impossible. Je clique sur «Photos», et rien n'apparaît. J'ajoute Nouvelle-Orléans, et des dizaines de sites s'ouvrent avec des informations sur la ville, mais absolument rien sur Lachlan Mount.

Je lance une douzaine de recherches supplémentaires, toutes avec le même résultat.

C'est comme s'il n'existait pas. Comme s'il était réellement le mythe, la légende que je croyais qu'il était avant de me retrouver face à lui.

Mais comment puis-je faire pour obtenir des infos sur lui, c'est un fantôme, même sur Internet ?

La nuit dernière, je me suis retournée dans mon lit, au fur et à mesure que les minutes et les heures passaient et raccourcissaient mon délai. Mon petit appartement ne possède aucun arbre à billets de banque dans sa cour arrière, je peux donc affirmer que je n'ai pas avancé d'un pouce vers une possible solution. Je pourrais vendre un de mes reins, mais même ça, ça ne me rapporterait pas cinq cent mille dollars, je suppose. Il est vrai que je ne connais pas la cote des organes au marché noir, parce que, eh bien, je suis une citoyenne normale et respectueuse de la loi. Je vends du whiskey. Je paie des impôts qui me donnent envie de vomir lorsque je rédige mon chèque. Mais je ne triche pas. Je joue selon les règles.

Lorsque j'entre dans la distillerie par la porte de côté, la chaleur dégagée par les trois énormes alambics me saisit. Certains trouveraient ça suffoquant. Moi, ça me procure un sentiment de bien-être. C'est chez moi. Louis Artesian, mon chef de distillation, lève un verre en pleine lumière avant de le humer, puis de le goûter.

– Comment est-ce que ça se présente ?

Il tourne sa tête vers moi en souriant.

– Tu peux me croire, Keira, ça va être le meilleur qu'on a jamais fait.

Le sourire qui étire le coin de mes lèvres n'a rien de forcé. C'est de la fierté. *Mon père va être fier de moi.* J'ai pris un risque en changeant de fournisseur de grain, sans le lui dire, dois-je ajouter, et ça va finir par payer.

Si je pouvais garder la distillerie en fonctionnement assez longtemps pour que ça porte ses fruits.

Toute la nuit, j'ai envisagé différents scénarios. Les prêts que m'avait accordés la banque étaient basés sur le fait que je leur avais communiqué toutes mes autres dettes. J'ignorais tout de celle contractée auprès de Mount. Comment j'aurais pu le deviner ? Et si elle n'est ni contractée auprès de l'État ni enregistrée, peut-être qu'elle ne compte pas ? Ou se peut-il qu'il soit un créancier de second rang et qu'il soit en capacité d'imposer une saisie pour obtenir son dû après que les prêteurs initiaux ont été remboursés ? Je ne connais pas vraiment les tenants et les aboutissants de ces trucs légaux, qui plus est j'imagine que cela n'a pas d'importance. Je n'arrive pas à imaginer que Lachlan Mount respecte les règles qui s'appliquent habituellement aux autres.

Il n'existe qu'une personne qui soit capable de me donner quelques éclaircissements. Et comme Google m'a plantée, elle reste la meilleure option. Aucun général ne prend de décisions sans être informé.

– Tu ne penses pas, Keira ?

Louis m'a parlé et j'ai complètement zappé.

– Désolée. Quoi ?

Son gentil sourire me rappelle tous les gens dont les vies dépendent de moi.

– Rien. Je disais juste que tu avais pris la bonne décision. C'était couillu de changer pour des céréales bio, et cher aussi, mais le résultat est là.

À n'importe quel autre moment, j'aurais laissé échapper un soupir de soulagement qui m'aurait décontractée, mais pas aujourd'hui.

Pourtant, je peux lui répondre honnêtement.

– C'est la meilleure nouvelle de la semaine.

– Keira, je peux te demander une minute ?

Tempérance, mon assistante/bras droit, débordée et sous-payée, m'appelle depuis l'embrasure de la porte. C'est un vrai gag qu'elle bosse dans cette distillerie avec un prénom pareil.

– Nous avons quelques décisions à prendre pour la manifestation, et je ne veux pas m'engager sans ton accord.

En plus d'être mon bras droit, Tempérance a également pris les commandes d'une énorme manifestation de Mardi Gras que nous avons eu la chance de dégoter pour les Voodoo Kings de La Nouvelle-Orléans, une équipe de football pro locale. Ils louent le restaurant en entier, ce qui nous permettra de garder la tête hors de l'eau pendant quelques mois. Enfin, ça aurait été le cas si seulement…

Je chasse de mon esprit l'image de mon visiteur inattendu et inopportun, et je tends à Louis un pouce levé avant de rejoindre Tempérance en abandonnant la chaleur des alambics.

– Qu'est-ce qui se passe ?

– Ils veulent augmenter le prix du menu pour y ajouter un truc qui emmerde Odile. Ils veulent également qu'on organise un service de chauffeurs et qu'on fasse la police auprès de tous les participants pour nous assurer qu'aucun ne garde ses clés de voiture ni ne conduit en état d'ivresse. La mauvaise publicité, tu vois ?

L'idée d'avoir à dire à un athlète professionnel qu'il n'est pas en état de conduire pour rentrer chez lui et de lui prendre ses clés me paraît être un cauchemar.

– Donc, en fait, ils veulent qu'on soit les méchants ? Pourquoi est-ce que l'équipe ne le fait pas elle-même si elle est tellement inquiète ?

– Je ne sais pas, mais ils ont dit qu'il faut ajouter ça au contrat, sinon ils organiseront leur soirée ailleurs.

Oh putain, pas question ! Nous avons besoin de cette soirée.

Je réfléchis à toute allure.

– Dis-leur oui. Mais dis-leur que nous devrons présenter ça comme un service de voiturier obligatoire et que nous devrons mettre devant la porte quelqu'un de leur équipe et quelqu'un de chez nous pour que ça semble être une décision commune.

Tempérance récupère un des trois stylos qu'elle a enfoncés dans son chignon brun foncé avant de prendre note sur son carnet.

– Ok. Je vais voir s'ils vont mordre à l'hameçon.

Elle lève les yeux. Et si ce n'est pas le cas ?

– Tu lâches le morceau, mais dis-leur que nous le faisons uniquement pour des raisons de sécurité publique et que nous nous réservons le droit d'appeler les flics si la situation dégénère.

Elle ajoute une note à sa liste.

– Et pour Odile…

– Leur demande augmente de combien le prix du menu ?

Tempérance tourne les pages de son carnet.

– Le coût de la nourriture augmente de dix pour cent. Je ne leur ai pas encore communiqué de devis avec la modification.

– Dis-leur que ça représente une augmentation de trente-cinq pour cent et, quand ils vont négocier, descends à vingt-cinq. Et ensuite, dis à Odile que je lui en suis reconnaissante.

Le sourire de Tempérance s'élargit au fur et à mesure qu'elle griffonne.

– Tu vois ? Je te l'avais dit que tu étais une négociatrice née. C'est pour ça que tu assures à mort dans ton boulot.

Si seulement je trouvais le moyen de négocier une certaine dette.

Je suis sauvée par mon téléphone qui se met à vibrer dans ma main. Je jette un coup d'œil au nom qui s'affiche à l'écran.

Ça ne peut pas être bon signe.

– Désolée, je dois répondre, dis-je à Tempérance.

– Bien sûr. On se parle plus tard pour les détails. Ça va être super pour les *Seven Sinners*. J'ai également des contacts avec d'autres organisateurs qui aimeraient louer l'espace pour des soirées, et quelques idées qui pourraient être très rentables. Je te raconterai ça demain.

– Merci, Tempérance. C'est pour ça que tu déchires dans ton boulot.

Je m'éloigne dans le couloir. Je réponds.

– Salut !

– Tu sais que je ne suis pas du matin. Alors, tu as intérêt à m'expliquer ce texto bourré de putains de sous-entendus qui m'a réveillée, me lance Magnolia Marie Maison.

Après que Magnolia a été virée du Sacré-Cœur en seconde parce que sa bourse d'étude lui avait été retirée, ma mère m'avait interdit de continuer à la voir. L'interdiction n'était pas surprenante, car Magnolia avait été surprise en train de faire une pipe à notre prof d'histoire dans le placard des fournitures. Monsieur Sumpter avait disparu, mais Magnolia, elle, s'était dit qu'elle avait trouvé sa vocation.

Maman a essayé de l'effacer de ma vie, mais l'amitié, ça ne marche pas comme ça, du moins pas pour moi. C'est Magnolia qui avait flanqué une raclée à Jill Barnard quand elle s'était moquée de ma coupe garçonne en quatrième, ce qui lui avait déjà valu une suspension. C'est elle qui m'avait montré comment mettre mon premier tampon. Qui m'avait emmenée à l'hôpital pour avoir la pilule après qu'un élève d'une boîte privée m'avait invitée à la fête de sa promo, parce qu'elle m'avait juré qu'elle ne me laisserait pas faire de bêtises.

Magnolia est la grande sœur que je n'ai jamais eue. Celle qui prenait soin de moi et s'assurait qu'il ne m'arrivait rien de mal. Je lui suis profondément loyale, et je pense que la façon dont elle gagne sa vie ne regarde personne d'autre qu'elle.

– Mags, j'ai un problème.

– Quoi, tu t'es fait draguer par un autre restaurateur qui accepte d'aider *Seven Sinners* si tu acceptes de dîner en tête à tête avec lui pour en parler ?

C'est tout juste si je ne la vois pas écarquiller les yeux à travers le téléphone. C'est comme ça que se sont déroulées mes relations masculines depuis la mort de Brett, et elle le sait pertinemment.

Je rentre dans mon bureau et ferme la porte derrière moi avant de poursuivre.

– Lachlan Mount. Il est venu ici.

En prononçant son nom, j'en ai encore la chair de poule et je sens à nouveau le parfum entêtant qu'il a laissé derrière lui. Il faudra sans doute que j'aère mon bureau pour m'en débarrasser.

Magnolia baisse la voix.

– Qu'est-ce que tu dis, bordel ?

– Lach...

– Tais-toi, putain, ne répète pas de nom !

Ça me coupe le sifflet.

– Ce n'est pas le genre de type dont tu souhaites qu'il connaisse ton existence. Et on ne peut pas parler de ça au téléphone. Je vais me lever. Et m'habiller. Merde !

Sa réaction confirme tout ce que je pensais. La situation n'est pas mauvaise. Elle est catastrophique.

– Je fais quoi ?

Je déteste entendre ma peur faire trembler ma voix.

– Tu radines tes fesses chez moi et tu me racontes exactement tout ce qui s'est passé. Apporte une bouteille de ton whiskey, on va en avoir besoin.

– J'ai des rendez-vous toute la journée…

– Ts-ts-ts, ton emploi du temps vient tout juste, comme par miracle, de se libérer. Ramène ton cul.

Généralement, Magnolia m'ordonne plutôt des trucs du genre : « ts-ts-ts, vide-moi ce shot. Arrête de faire ta chochotte » Ou alors : « Sors et trouve-toi une queue, pour l'amour de Dieu. Ta chatte va finir par se dessécher. »

Selon les circonstances, j'ignore ce genre de commentaires. Mais cet ordre-ci, impossible de l'ignorer.

– Je serai là dans vingt minutes.

– Arrange-toi pour être là dans dix.

***

Je gare ma Honda Civic de douze ans d'âge sur la place réservée aux visiteurs, sur le parking de la nouvelle résidence la plus chic de La Nouvelle-Orléans. C'est rempli de voitures qui valent au moins dix fois la mienne.

Et même si maman désapprouve la direction qu'a prise Magnolia, personne ne peut nier que cela a été très lucratif. Elle détient le titre de maquerelle la plus exclusive de La Nouvelle-Orléans et elle ne m'a jamais raconté en détail comment elle y était parvenue. Tout ce que j'en sais m'est parvenu par hasard, comme le fait que son petit carnet noir de clients est très épais. Et, qui plus est, Magnolia détient des infos embarrassantes sur pratiquement chacun d'entre eux, comme elle me l'a avoué la nuit où nous avons fêté mon arrivée à la tête de *Seven Sinners*.

Alors que je sors de ma voiture et que je referme la portière, en prenant bien soin de ne pas effleurer la Porsche garée à côté, ma respiration s'accélère. Magnolia ne va pas y aller par quatre chemins. Elle va m'expliquer à quel point je suis baisée.

Je foule le sol immaculé du garage en direction de l'ascenseur et appuie sur le bouton d'appel. Il arrive aussitôt, et en moins de deux, je suis devant la porte d'entrée de son combo, au sixième étage qui n'a pas encore atteint le statut de « penthouse », mais je ne doute pas qu'elle y arrive bientôt. Magnolia a autant l'esprit d'entreprise que moi, peut-être même plus encore.

Peut-être est-ce la raison pour laquelle nous sommes des âmes sœurs. Nous bossons toutes les deux dans le domaine du péché.

Elle ouvre la porte à mon premier coup de sonnette. Elle porte une nuisette rose pêche qui souligne ses courbes sublimes. À la place du sourire avec lequel elle m'accueille d'habitude, elle m'attrape par le bras et me tire à l'intérieur. Elle claque la porte derrière nous et la verrouille à double tour.

Je lui fais face. Une boule grossit dans ma gorge.

– C'est mauvais, hein ?

– Où est ce whiskey que tu as apporté ? On va en avoir besoin.

Je sors la bouteille du sac *Tory Burch* qu'elle m'a offert le soir où on a fait la fête, et je la lui montre. Magnolia me l'arrache des mains et l'embarque sur le comptoir, je la suis.

– Il y a des trucs qui appartiennent à mon monde et qui ne devraient jamais pénétrer le tien, Ke-ke.

Tu es douce et lumineuse, même si tu produis un putain de whiskey. Mais là, tu as traversé la frontière et je n'ai pas la moindre idée de la façon dont nous allons te sortir de là.

Elle tend le bras et attrape deux tumblers en cristal sur l'étagère des verres dans le coin du bar et verse trois doigts de whiskey dans chacun.

Magnolia est toujours sûre d'elle, forte, elle ne montre jamais aucune hésitation. Le fait qu'elle adopte ce virage à cent quatre-vingts degrés fait grimper ma tension artérielle, qui bat à la même vitesse que ses ongles couleur pêche sur le comptoir.

– Qu'est-ce que tu veux dire ? je demande lentement, parce que j'ai bien l'impression que je vais avoir besoin d'une explication tout aussi lente.

– Tu as été marquée, ma poulette.

– Qu'est-ce que ça veut dire ?

Pas moyen de camoufler la peur qui transparaît dans ma voix.

– J'ai fait quelques recherches.

– Comment ? Je viens juste de te dire que…

Elle me coupe d'un geste de la main.

– Tu sais que je peux découvrir le fond d'un mystère plus vite qu'une pute sous crack peut vider un sachet d'un gramme. Ne fais pas l'étonnée. Je n'ai eu besoin que d'un coup de fil discret, et ce que j'ai découvert n'est pas bon.

J'attrape un tumbler et j'avale d'un coup sec le whiskey que d'habitude je sirote et savoure en notant les arômes au fur et à mesure qu'ils caressent mon palais. Mais pas aujourd'hui. Aujourd'hui, j'ai besoin d'un peu de courage liquide pour pouvoir affronter ce que Magnolia va me dire.

Elle appuie ses deux coudes sur le comptoir et passe un ongle long, au vernis à paillettes, sur le bord du verre.

– Lachlan Mount n'est pas quelqu'un avec qui on baise.

– Je ne l'ai pas fait !

Au son de ma voix, on pourrait penser que je suis devenu complètement hystérique, et pour être honnête, je le suis.

– Rien ne se passe dans cette ville sans qu'il ait donné son accord. Il est le conduit à travers qui tout doit passer. L'alcool. La drogue. Les filles. L'escroquerie. Le jeu. Comment un seul type a pu amasser un tel pouvoir, je n'en ai pas la moindre idée, mais il l'a fait et il le détient dans une main de fer. (Elle lève les yeux sur moi.) À présent, tu es en son pouvoir.

– Pour l'alcool ? On ne l'a jamais payé.

– Tu en es certaine ?

– Je serais au courant. Papa n'a jamais mentionné…

Magnolia secoue lentement la tête.

– Ça m'étonne. Merde, peut-être qu'il le paie depuis que tu as repris l'affaire pour qu'il te laisse tranquille. Ça n'a plus d'importance à présent. Tu es sa débitrice, et tu peux être sûre qu'il va se faire payer.

Je n'arrive pas à imaginer mon père payer Mount régulièrement, et je n'ai pas la moindre idée de la manière dont je pourrai un jour aborder ce sujet. Les implications me frappent l'esprit et je me regarde blêmir dans le miroir, derrière Magnolia.

– Je ne sais même pas ce que Brett a bien pu faire de cet argent. Je ne savais pas qu'il en avait emprunté.

Magnolia détourne le regard.

– Quoi ? Qu'est-ce que tu me caches ?

– Ke-ke, tu sais que je t'aime, mais il y a des choses que tu n'as pas besoin de savoir.

Cela ne me surprend pas que Magnolia tente de m'épargner autant qu'elle le peut, mais à présent, j'ai besoin de savoir. Je prends une lente, une profonde inspiration, et je me lâche, même si je sais que ça va être pénible.

– Dis-moi tout ce qu'on t'a raconté.

Après quelques hésitations, elle finit par parler sur un ton morne.

– On raconte qu'une partie de ce fric a servi à payer un prêteur sur gages, ce qui revient à emprunter au diable pour payer un de ses laquais. Cela venait de son problème de sniffette qui lui coûtait un bras et de la pute avec laquelle il était à la colle, parce qu'elle lui a annoncé qu'elle était enceinte. Mais ce ne sont que des rumeurs, hein !

Mes genoux sont censés me soutenir, mais ils n'y parviennent plus. J'essaie de me rattraper au comptoir, mais je n'y arrive pas et je me retrouve le cul par terre. Le tumbler en cristal explose sur le sol.

– Ke-ke !

Magnolia se rue sur moi, les bras en avant.

Je tends les mains devant elle.

– Non. Ne bouge pas. Ce n'est rien.

Abasourdie, je cherche à reprendre mon souffle tout en m'efforçant d'intégrer ce qu'elle vient de dire.

Prêteur sur gages.

Problèmes de sniffette.

Maîtresse enceinte.

Je savais que Brett me trompait. Il s'en cachait à peine. Je n'arrive pas à croire que cela m'ait pris les quatre mois qu'a duré notre mariage pour m'en rendre compte. C'est la raison pour laquelle j'avais pris rendez-vous avec un avocat spécialisé dans les divorces trois jours avant sa mort et que j'avais loué un appartement afin d'avoir un endroit où aller pour remplir les papiers.

Magnolia recule, puis réapparaît avec un balai pour ramasser les éclats de verre. Je me reprends et me lève. Il y a une partie de ce qu'elle vient de dire que je ne comprends pas bien.

– Quel genre de problème de sniffette avait Brett ?

Elle vide le contenu de la pelle dans la poubelle et me regarde d'un air que je ne peux décrire que par le mot « sympathie ».

– Ke-ke. Il était accro à la coco. Bien avant que tu le rencontres.

– Quoi ?

Le mot a jailli tout seul.

– La cocaïne. La poudre. La blanche.

– C'est impossible. Je m'en serais aperçue. Je…

– Tu es une fille bien, dit Magnolia en secouant la tête avec bienveillance. Tu peux reconnaître un ivrogne à vingt pas, mais la dope, ça ne fait pas partie de tes compétences, Ke-ke.

– Cette merde vivante a mis en péril mon héritage familial pour de la drogue ?

Je ne suis plus au bord de l'hystérie. Je suis en plein dedans.

– Ça et le cul, ce qui, d'après mon expérience, est encore plus addictif. En plus, Brett était un véritable escroc. Il t'a ferrée, attrapée et dévorée avant que tu aies la moindre chance de lui échapper.

Je me cache le visage dans les mains et me concentre sur ma respiration. Je compte jusqu'à dix. J'essaie de faire diminuer la colère, mais ça ne marche pas.

Me marier avec Brett a été la seule décision de ma vie que j'ai prise sur un coup de tête. J'avais cru que notre rencontre, c'était le destin. Dès le premier jour, il était tellement parfait pour moi, je ne pouvais m'empêcher de penser que nous étions destinés à être ensemble. Et après cette nuit incroyable…

Je repousse ces souvenirs. J'ai été une telle petite idiote naïve. Je murmure :

– J'aimerais le ramener à la vie pour pouvoir le tuer de nouveau.

Magnolia m'adresse un autre sourire indulgent.

– Ma douce, s'il était encore vivant, tu sais que je lui trancherais la pitoyable petite excuse qui lui servait de bite au hachoir à viande.

– Mais qu'est-ce que je vais bien pouvoir faire maintenant ? je lui demande en arpentant la pièce.

La tête de Magnolia pivote d'avant en arrière pendant qu'elle me regarde.

– Ke-ke… cette merde, c'est sérieux.

Je me retourne pour lui faire face.

– Je sais. Il me faut cinq cent mille dollars ou je suis baisée. Comment faire pour gagner cinq cent mille dollars en une semaine ? Aucune banque en ville ne me prêtera un centime de plus, avec toutes les dettes que j'ai déjà.

Elle croise les doigts devant la ceinture qui ferme sa robe de chambre pêche.

– Je vais te parler franchement. Même si tu étais vierge, ce serait impossible de gagner autant d'argent aussi rapidement.

Je ferme les yeux. *Me vendre aux enchères ?* Un frisson de dégoût glisse le long de ma colonne vertébrale. *Même ça, ce n'est pas possible, parce que je ne vaux pas autant d'argent.* Je lève les yeux et croise son regard fauve.

– Brett a réussi à trouver cinq cent mille dollars en une semaine. Je dois pouvoir faire la même chose.

– Personne ne te donnera une telle somme.

Son visage est solennel.

– Et un paiement échelonné ?

J'enfouis mes mains dans mes cheveux en tentant d'envisager toutes les autres options possibles.

– Ma belle, tu n'as pas besoin de moi pour savoir que ça ne réglera pas ton problème.

Je croise les bras et je les serre fort contre ma poitrine, avant de reculer jusqu'à ce que mes talons cognent le sofa de Magnolia. Je me laisse tomber dessus.

– Et si… Et si je ne payais pas, tout simplement ? Si je lui disais que c'était le problème de Brett et qu'il est mort, alors qu'il me fiche la paix avec ça ?

Voilà que c'est le beau visage de Magnolia qui se met à pâlir.

– Keira, dit-elle, et je me crispe quand elle utilise mon prénom en entier parce qu'elle ne le fait jamais. Tu ne veux pas tenter de prendre ce chemin-là.

– Je n'ai pas le choix ! Je n'ai pas l'argent.

Magnolia traverse lentement la pièce et s'assied sur le canapé à côté de moi.

– La dernière femme qui a doublé Mount a fini à la morgue.

La chair de poule envahit chaque centimètre carré de ma peau pendant que je déglutis.

– Il l'a tuée ?

Le lent mouvement de dénégation de Magnolia me saisit d'effroi.

– Mount n'a plus besoin de faire son sale boulot lui-même. Mais cette pute a été découpée en morceaux. Elle s'est vidée de son sang.

Je visualise une femme saignant dans une ruelle sombre, égorgée d'une oreille à l'autre, mais Magnolia poursuit.

– On raconte que ses troupes l'ont gavée d'amphètes et l'ont forcée à danser pieds nus sur des tessons de bouteille, jusqu'à ce qu'elle tombe et se débrouille pour ramasser un tesson. Elle s'est ouvert les poignets pour mettre fin à tout ça.

Mon estomac se retourne pendant que je visualise la brutalité de la scène. Je bondis du canapé, une main sur la bouche, et je me rue dans la salle de bains.

Magnolia me suit et écarte mes épais cheveux roux de mon visage.

– Je n'aurais pas dû te le dire. Mais je ne savais pas comment te faire comprendre autrement à qui tu as affaire. Et tu ne veux pas entendre ce qu'ils ont fait à son petit ami. C'était encore pire.

Je vomis à nouveau, la bile me brûle la gorge et je hoquette. Magnolia me caresse le dos, jusqu'à ce que j'essuie ma bouche avec ma main.

– De l'eau ?

Ma requête ressemble à un croassement.

– Bien sûr, ma chérie.

Je sors de la salle de bains derrière elle et retourne à la cuisine en imaginant les éclats de cristal qu'elle a ramassés un peu plus tôt, sauf que là, je les vois s'enfoncer sous mes pied et mon sang jaillir sur le sol.

Magnolia glisse une bouteille d'eau vers moi sur le comptoir, elle l'a déjà décapsulée, et j'en bois avec précaution une petite gorgée.

– Qu'est-ce que je vais devenir ?

Elle pose sa main sur ma main libre.

– Nous, ma belle. Parce que si tu ne donnes pas à ce type ce qui lui revient, il ne s'arrêtera pas à toi. Il s'en prendra à tous ceux que tu aimes.

Je m'arrête subitement de boire.

– Oh Seigneur, il faut que je parte, je ne veux pas t'impliquer…

– C'est trop tard. Mount ne fait jamais le moindre mouvement sans tout connaître de sa cible.

– Mes parents… mes sœurs…

Magnolia acquiesce.

– Et tes amis, tes employés…

Je ferme les yeux.

– Il a dit… Il a dit qu'il y avait quelque chose qu'il acceptait de prendre en échange.

Je déteste mentionner cette possibilité, mais je ne peux envisager les autres options sans retourner à toute vitesse aux toilettes.

– Quoi ?

Je ravale un autre jet de bile avant de lui répondre.

– Moi.

– Eh merde !

QUATRE

KEIRA

– Quoi ?

La terreur m'envahit de plus en plus devant le juron qu'elle a chuchoté.

– Je réfléchis.

Magnolia lève la main.

– Est-ce qu'il a déjà fait ça ? Il existe un manuel pour ça ?

Elle secoue la tête.

– Non. Enfin, je veux dire, ce type a eu une foule de maîtresses. Il les fait généralement venir de l'étranger.

– Et ?

– Après quelques mois, elles disparaissent. Comme si elles n'avaient jamais existé.

Je pense à Richelle Lafleur, la fille que nous connaissions à la paroisse, dont plus personne n'a entendu parler et dont on racontait qu'elle avait été l'une de ses maîtresses. Autant que je sache, la police considère sa disparition comme une affaire classée.

Ma respiration s'accélère à nouveau. Quelle que soit la façon d'envisager la situation, la seule fin probable, c'est ma mort.

Magnolia me dévisage soigneusement, comme si elle me regardait pour la première fois.

– Après tout ce merdier avec Richelle, il n'a plus jamais été avec aucune fille du coin.

– Pourquoi dévie-t-il de son modus operandi à présent ? Pourquoi moi ?

Magnolia secoue la tête.

– Dieu seul le sait.

Sa réponse ne me réconforte pas le moins du monde. Elle se lève pour ramasser son téléphone sur le comptoir.

– J'ai besoin de passer un coup de fil.

Elle sort de la pièce en m'abandonnant sur le canapé. Je ramène les genoux contre ma poitrine en détaillant les options qui s'offrent à moi. Récupérer cinq cent mille dollars comme par miracle. Me prostituer avec un type qui ou bien a tué ou a donné l'ordre de tuer et dont toutes les partenaires de coucheries disparaissent ensuite. Ou me préparer à une mort atroce, en sachant que ma famille et mes amis eux aussi vont mourir.

Tout ça à cause de Brett.

Comment ai-je pu être aussi stupide ? Nous nous sommes rencontrés en ligne, c'était ma première intrusion dans le monde de la drague sur Internet. Nous étions incroyablement sur la même longueur d'onde. Notre premier rendez-vous avait été un rêve. Tout coulait de source, comme je pensais que devait être l'amour. Et notre entente physique ? Ça battait tous les records. Au début, du moins. C'est moi qui avais suggéré de partir nous marier à la sauvette et il m'avait répondu que c'était l'idée la plus romantique qu'il avait jamais entendue. Alors, on l'avait fait.

Et c'était un escroc professionnel.

J'avais cru qu'il s'intéresserait à la distillerie, parce que c'était ma passion et qu'après notre mariage il voulait s'y impliquer. Nous allions devenir une équipe imbattable, cela m'excitait tellement ! Jusqu'à ce que je le surprenne avec une autre femme. Tout à coup, son manque d'intérêt pour le sexe avec moi était devenu totalement évident.

Il était bien trop occupé à baiser avec une autre pour remettre ça avec moi.

Il était temps d'affronter les faits. Brett Hyde m'avait escroquée. Il n'avait jamais voulu faire partie d'une équipe. Il voulait utiliser la distillerie comme hypothèque pour une dette d'un demi-million de dollars qu'il avait vis-à-vis d'un homme bien plus terrifiant que le pire des grands méchants inventés par Hollywood.

Je ne peux m'empêcher de voir défiler en boucle les images de cette femme dansant sur des tessons de verre jusqu'à ce que la douleur soit tellement insupportable qu'elle se tranche les poignets.

C'est un monstre.

Je serre mes bras encore plus fort autour de moi.

Magnolia réapparaît quelques instants plus tard.

– Je n'ai que cent en liquide. Je peux emprunter deux cents, peut-être deux cent cinquante à mes relations, mais je ne peux pas réunir cinq cents en une semaine.

Je cligne des yeux à deux reprises et je dévisage mon amie, jusqu'à ce que je réalise qu'elle parle de me donner l'argent.

– Je ne suis pas venue ici pour ça. Je ne peux pas accepter…

– Bien sûr que tu n'es pas venue pour faire la manche, tu n'es pas ce genre de fille. Mais je te le donnerais volontiers si je pouvais. Tu n'es pas la seule impliquée, chérie. Si tu fais défaut, nous tombons tous avec toi.

Hier matin, je me suis réveillée en me sentant, comme à l'accoutumée, prête à conquérir le monde du whiskey et à faire connaître la marque *Seven Sinners* dans le monde entier. Aujourd'hui, je me demande si je serai toujours en vie la semaine prochaine. Tout ça à cause de Lachlan Mount. Non, à cause de Brett.

– Je lui ai déjà dit que je n'avais pas l'argent. Il le sait pertinemment.

Magnolia hoche la tête, ses incisives mordillent sa lèvre inférieure.

– Ça ne me surprend pas. Ce type sait tout ce qui se passe dans cette ville. Ce qui me surprend, c'est qu'il soit prêt à échanger une chatte contre un demi-million de dollars.

Je me fige devant ses mots grossiers, mais s'il y a une chose que j'ai toujours respectée chez Magnolia, c'est bien le fait qu'elle appelle un chat un chat.

– J'ai déjà entendu dire qu'il acceptait des propriétés, des maisons, des bateaux, des chevaux de course, des voitures, mais jamais une femme. Ce n'est pas un comportement normal chez lui.

Mon cerveau fonctionne au ralenti, comme s'il était grippé par un trop-plein d'informations.

– Pourquoi changer de mode de fonctionnement ?

Magnolia penche la tête de côté en examinant l'épave que je suis certainement.

– Tu t'es regardée dans une glace récemment ? Je veux dire quand tu ne vomis pas toutes tes tripes ?

J'ouvre de grands yeux.

– Ke-ke, tu es une bombe sexuelle. Je pourrais sans problème te filer un rencard par jour, et même deux le week-end.

– Je sais que pour toi c'est un compliment, mais…

– Mais rien du tout. Tu as des seins, un cul et de splendides cheveux roux qui font croire aux hommes qu'ils vont découvrir le feu quand ils t'auront coincée. Et je ne parle même pas de tes yeux. Tu casses le marché de la classe super-luxe. Et qui plus est, tu en es totalement inconsciente.

– Visiblement, Brett ne pensait pas ça.

Je ne sais même pas pourquoi j'ai dit ça. Me rappeler que mon mari me trompait me fait de plus en plus mal à chaque fois.

– Brett n'était qu'un con, il ne te méritait pas une seconde. Et, pour l'instant, il faut que tu arrêtes de t'en préoccuper pour t'inquiéter de Mount.

Je déplie un bras et me pince la base du nez.

– Je ne sais même pas par quoi commencer.

Magnolia se déhanche.

– J'ai l'impression que c'est lui qui va mener la barque, du coup ça n'a pas grande importance. En fait… peut-être que c'est ça qui va sauver tes fesses. D'après ce qu'on m'a dit, toutes les autres étaient humbles et soumises…

Je m'enfonce dans les coussins du canapé.

– Ce n'est pas mon genre.

Elle lève une main.

– Sans déconner. C'est peut-être ça le truc. Tu es tout feu tout flamme. Tu as un vrai culot. Il faut que tu t'en serves.

Je n'aime pas du tout la direction que ça prend. Mon ventre se noue.

– Je n'ai vraiment aucune idée de ce que tu veux dire. Aucune.

– Lorsqu'on s'appelle Mount Lachlan, personne n'ose vous défier. Personne ne vous tient tête. Quelque chose en toi a attiré son attention. Je le sens. Il faut t'en servir. Le travailler. Tu ne dois pas le laisser te dominer.

Magnolia baisse d'un ton.

– Ne le laisse pas te briser, Ke-ke. Conserve ta fierté et ne lâche jamais. Il ne saura pas comment te manipuler.

L'idée que Mount me manipule me retourne à nouveau l'estomac.

– Il n'y a vraiment aucune autre manière de faire ? Pas d'autre cliente… Je n'arrive même pas à croire que c'est moi qui envisage cette option comme une possibilité.

Magnolia piétine mon dernier espoir par un simple mouvement de la tête.

– Tu es déjà marquée. Lachlan Mount possède ton cul, qu'il y soit déjà entré ou pas. Personne d'autre ne te touchera, parce que les gens voudront rester entiers.

– Il m'a donné une semaine. Il faut que je trouve une autre solution.

– C'est cette partie que j'ai essayé de comprendre. Normalement, quand une dette est due à Lachlan Mount, elle est due.

– Je ne peux pas aller voir la police ? Ils ne feront rien ?

Magnolia lève les yeux au ciel comme si elle cherchait à recevoir de la patience d'une entité supérieure.

– S'il te plaît, dis-moi que tu plaisantes. Parce que si tu fais un seul pas dans cette direction, on est tous morts.

– Donc tu dis… que je dois le faire ?

Elle baisse son regard vers le mien, je me rends compte qu'il est sinistre.

– Tu n'as pas le choix. Enfin, pas un choix qui te permette de survivre.

– Et tu veux que je défie l'homme qui n'a jamais été défié ? (J'ai un rire étranglé.) Tu veux ma mort ?

Elle secoue à nouveau la tête et se mord la lèvre.

– Non, j'essaie de te sauver.

– Putain, je murmure.

Parce que, honnêtement, que peut-on dire d'autre dans cette situation ?

– Mais il y a un autre truc auquel tu dois faire gaffe, ma poulette.

Je n'ai pas envie de savoir dans quelle direction elle part, c'est probablement une voie sombre et macabre, pourtant il faut que je lui demande.

– Quoi ?

– Quand tu possèdes autant de pouvoir que Mount, autant de charisme, autant de présence que lui, ça fait des trucs aux gens.

– Je ne te suis plus.

– Écoute-moi, Ke-ke, écoute-moi bien.

Son air sérieux me conforte dans l'idée que tout ceci n'est pas une farce.

– Il va tout faire pour que ta tête entre en conflit avec ton corps.

Mon cœur se met à battre plus vite, à nouveau.

– Je ne comprends pas ce que tu veux dire.

Magnolia pousse un long soupir.

– Je vais te l'expliquer très clairement. Tu vas te dire que tu ne veux pas de lui, que tu le détestes et que tout cela t'arrive contre ta volonté. Mais il y a un truc chez ce mec qui me dit qu'il va te baiser la tête et retourner ton corps contre toi. Écoute-moi bien, Ke-ke. Il va te faire aimer ça. Il va te faire le désirer.

La gravité de son ton me fait reculer dans le canapé.

– Aucune chance. Sors-toi ça du crâne.

Elle s'avance vers moi et entoure mon bras avec sa main. Ses ongles s'enfoncent dans ma chair.

– Il n'y a pas de honte à y trouver du plaisir, si c'est ce qu'il faut faire. Mes filles le font en permanence quand un client est super-sexy et qu'elles le baiseraient même gratis ? Elles n'ont même pas l'impression de bosser.

Je me crispe sous son étreinte.

– Je ne suis pas une de tes filles.

Ces mots se sont échappés malgré moi de mes mâchoires serrées.

– Mais tu es quand même une femme et tu ne peux pas lutter contre l'attirance physique.

Je sens dans son regard qu'elle sait de quoi elle parle. Elle desserre son étreinte.

– Fais attention… c'est tout. Il est différent de tous les hommes que tu as pu rencontrer. Mais quoi que tu fasses, ne lui montre pas que tu as peur. Ne le laisse pas te baiser la tête. Tu es forte. Tiens-t'en à ça. Et si tu y trouves du plaisir… quel mal y a-t-il à ça ?

Elle me lâche en soupirant.

– C'est hors de question.

CINQ

KEIRA

Je ne me souviens pas d'être rentrée en voiture chez moi. J'aurais dû retourner travailler. Le dossier de la soirée de collecte de fonds nécessite d'être conclu, et il faut que je me renseigne à propos des autres demandes que nous avons reçues. Mais je ne peux pas. Mon esprit n'arrive pas à se concentrer. Au lieu de ça, je me surprends à me garer à ma place, devant mon immeuble vétuste. En réalisant où je me trouve, j'appelle Tempérance et lui annonce que je ne me sens pas bien. Ce n'est pas un mensonge, et pas uniquement parce que je viens de vomir mes tripes chez Magnolia.

Je refuse de croire qu'il n'existe qu'une façon de m'en sortir, qui n'implique pas la mort de tous ceux que j'aime. Mais quelle que soit la direction vers laquelle je me tourne, la vie telle que je la connaissais avant est terminée.

Au bout de quelques mois, elles disparaissent. Comme si elles n'avaient jamais existé.

Mount ne peut pas me faire disparaître. Il y a des gens autour de moi qui le remarqueraient et hurleraient au meurtre si les flics cherchaient à enterrer l'affaire. Je ne suis pas une simple fille venue de l'étranger ou, comme Richelle, sans une famille qui puisse relancer l'affaire après que la police l'aura abandonnée.

En ouvrant ma portière pour sortir, je remarque une BMW qui s'arrête de l'autre côté de la rue.

Est-ce qu'elle me suit ? Ou est-ce simplement une belle voiture quelconque ? Mon esprit me joue-t-il des tours ? Quoi qu'il en soit, le fait de ne pas pouvoir voir au travers des vitres teintées me met mal à l'aise. J'attrape son sac et verrouille ma voiture.

Mes clés tressautent dans ma main tremblante pendant que j'avance d'un pas hésitant vers l'entrée de mon immeuble. En entrant, je jette un coup d'œil à la voiture, mais personne n'en sort et la vitre ne s'ouvre pas.

Ignore-la. Ce n'est rien. En outre, d'après ce que m'a dit Magnolia, Mount n'a aucune raison de me faire suivre s'il connaît déjà tout de moi.

Savoir cela me donne l'impression d'être mise à nu, alors que je suis entièrement habillée. À moins qu'ils me surveillent pour voir si je cherche à m'enfuir.

Je grimpe en chancelant jusqu'au troisième étage, celui de mon appartement, que j'ai loué le jour où j'ai vu l'avocat et décidé de remplir les documents nécessaires à mon divorce.

Ma maison de ville, celle dans laquelle Brett s'était installé le jour où nous nous sommes mariés, est louée et le bail arrive à échéance. J'avais prévu de le renouveler. Du moins jusqu'à ce que…

Je repousse ces souvenirs et me concentre sur le fait d'entrer. J'aurais pu choisir un endroit plus sympa où échouer après mon divorce, mais j'avais déjà prévu de diminuer drastiquement mon salaire pour pouvoir faire face aux dettes de la distillerie.

Lorsqu'ils ont déménagé en Floride, mes parents ont vendu leur maison, donc ce n'était pas une option. Quand il est revenu en ville pour les funérailles de Brett et qu'il a appris que je déménageais dans ce qu'il appelait un *trou* à *rats*, papa était furieux, mais je lui ai servi des bobards en prétendant que c'était plus près du boulot et que je n'avais plus besoin d'autant de place. Je ne pouvais pas lui avouer que je ne pensais pas pouvoir me payer assez pour rester dans ma maison ou trouver un meilleur appartement. Je ne voulais pas admettre que nous nous battions si fort.

Connaissant mon père, il aurait insisté pour laisser tomber sa retraite et venir nous aider, or c'était la dernière chose que je voulais qu'il fasse. Pas seulement parce que je voulais diriger mais parce que je craignais qu'il fasse une crise cardiaque lorsqu'il découvrirait les dégâts causés par Brett, et à quel point *Seven Sinners* était proche de la faillite.

Tout ce dont mes parents étaient au courant, c'est que Brett m'avait trompée, que j'allais le quitter et qu'il était mort dans un tragique accident avant que je puisse remplir les papiers du divorce. En signe de compromis, j'avais autorisé papa à installer deux nouveaux verrous sur la porte de mon appartement merdique. Il y a trois mois de cela et, depuis, tout m'échappe.

J'avais pris les choses une par une, en m'assurant que toutes les factures soient honorées, et j'avais réglé les affaires de Brett. Avec la grosse entrée d'argent de la soirée de levée de fonds qui allait bientôt avoir lieu, j'ai cru que nous allions enfin pouvoir respirer un peu.

Mais non.

À présent, les choses vont encore plus mal.

Ça me démange de décrocher mon téléphone pour demander des conseils à mon père, mais je sais que je ne peux pas. Si ce que Brett a fait pouvait lui déclencher une attaque, ce que Mount propose va lui causer un arrêt cardiaque. Et si ce n'est pas le cas, il est capable de sortir un revolver pour essayer de descendre Mount, et d'après ce que m'a raconté Magnolia, ce serait notre mort à tous.

Donc, impossible d'en parler à mes parents et, évidemment, il est hors de question que j'en parle à mes petites sœurs. Imogène termine son PhD, et Jury doit être en train de faire la fête dans un endroit exotique, en bossant derrière ou sur un bar quelque part, juste assez pour pouvoir financer son mode de vie de playgirl.

Ma décision est claire et nette, ma famille ne doit jamais apprendre quoi que ce soit.

Je jette mon sac sur le fauteuil en vieux velours bleu

du coin salon et me dirige vers la cuisine dans le but de dégoter une autre bouteille de whiskey, puisque j'ai laissé la première chez Magnolia.

À mi-chemin, je m'arrête, tétanisée.

Il y a une copie de la reconnaissance de dette sur le comptoir. Je sais que c'est une copie, parce que l'original est dans mon sac.

Il est venu ici.

Partagée entre l'idée de filer et le souvenir de la voiture garée dehors, j'attrape le document sur le Formica défraîchi. Un objet métallique tinte sur le carrelage et une autre feuille de papier tombe par terre. Je fixe le carrelage usé, sans rien apercevoir d'autre qu'un mot manuscrit dont je reconnais immédiatement la graphie.

« *Six jours.* »

Je laisse le mot où il est et tout en luttant contre de nouveaux frissons de panique, je tombe à genoux pour découvrir ce qu'il a laissé d'autre. Je rampe sous la table basse où quelque chose brille dans la lumière d'après-midi. Je tends la main, mais j'ai un mal de chien à l'attraper tant mes doigts tremblent.

Jamais de la vie. C'est impossible. Ce n'est pas vrai.

Je soulève l'anneau en or vers la lumière et je déchiffre l'inscription gravée à l'intérieur de l'alliance de mon mari décédé. Mon sang se transforme en glace.

Comment ? Pourquoi ?

Je cours au fauteuil, saisis mon sac et je me rue vers la porte d'entrée. Quand je l'ai enfin déverrouillée, elle s'ouvre d'un seul coup et je me prépare à courir à ma voiture.

Sauf que je finis par m'écraser contre un grand corps masculin.

En levant les yeux, je m'attends à voir Mount, mais ce n'est pas lui. Pourquoi perdrait-il son temps avec ces basses besognes, alors qu'il dirige un véritable empire ?

À sa place, c'est Phil, mon concierge.

– Tout va bien, Keira ?

J'ai envie de hurler que tout va très mal, mais je hoche la tête en grommelant,

– Oui. Ça va. Je crois que j'ai oublié de fermer ma voiture à clé. Il faut que j'aille vérifier.

Phil acquiesce.

– On n'est jamais trop prudent dans ce quartier.

Il recule dans le couloir pendant que je ferme ma porte à clé, tout en me demandant pourquoi, puisqu'il est clair que les verrous n'arrêtent ni Mount ni ses sbires.

Lorsque je sors du bâtiment, je regarde l'autre côté de la rue. La BMW a disparu, c'est une Prius argentée qui a pris sa place.

Est-ce que c'était Mount dans la BM ? Ou bien quelqu'un qui va lui faire son rapport ?

Les mots du message tournent dans ma tête.

Six jours.

La seule chose que je vais découvrir en six jours, c'est comment devenir complètement dingue.

Après avoir sauté dans ma voiture et tourné la clé de contact, je prends une profonde inspiration et j'expire lentement pour tenter de ralentir mon rythme cardiaque.

Mon instinct me crie de fuir, mais pour aller où ?

Mount est entré dans mon bureau à la distillerie. Il est entré dans mon appartement. Plus aucun lieu ne me semble sûr à présent.

Peut-être que ça fait partie de son plan ? Il veut que je sois sans défense, comme si je n'avais pas la moindre option. Faible. Impuissante. À sa botte.

Tu me sous-estimes, Mount. Tu vas peut-être me choper, mais je ne vais pas arriver tremblante devant toi.

Et dans ma Honda Civic pourrie, je me fais une promesse.

Je ne m'enfuirai pas. Je ne me cacherai pas. Et je ne mettrai certainement pas en danger les gens auxquels je tiens en attirant ce monstre chez eux.

J'enlève la clé de contact, je sors de ma voiture et je la referme. Je fais demi-tour, de plus en plus assurée. Une fois chez moi, je sors une bouteille de Seven Sinner single barrel et un verre. J'étale devant moi les deux versions de la reconnaissance de dette, l'alliance de Brett et ma sommation des six jours.

Ce soir, je vais relire mot à mot ma sentence de mort et, ensuite, je vais me saouler à mort.

SIX

KEIRA

Dur, dur d'aller bosser avec la gueule de bois, surtout quand c'est vous le patron. Mais je n'ai pas le choix.

J'ai dû m'évanouir pour trouver enfin le moyen de m'endormir la nuit dernière. Il m'a fallu une bouteille et demie de whiskey pour y parvenir. Il faut dire que je tiens bien l'alcool. Comme je fais semblant, mes employés font de même. Tempérance garde ses distances et ne fait aucune allusion à la soirée de collecte de fonds.

Lorsqu'arrive l'heure du déjeuner, j'ai enfin l'impression que je serai capable d'avaler quelque chose. Je grimpe à l'étage où se trouve notre restaurant ; les tarifs y sont uniquement surpassés par la vue splendide à trois cent soixante degrés sur la ville. C'est moi qui ai conçu la déco, après avoir vu des photos du

Gravity Bar de l'entrepôt *Guiness* de Dublin, même si je n'ai jamais eu la chance d'y aller.

Avec les dettes de Brett et les menaces de Mount, il est fort possible que ça n'arrive jamais.

Il y a peu de monde dans le restaurant pour le déjeuner. Je salue un trio d'hommes d'affaires et je fais la conversation une ou deux minutes à deux dames qui me demandent des nouvelles de ma mère, et si mes parents apprécient la Floride.

– Ils disent qu'ils ne rentreront plus jamais, mais nous verrons bien.

– Ils ont la belle vie. C'est formidable qu'ils aient réussi à conserver l'entreprise dans la famille et à prendre tout de même leur retraite. C'est si difficile d'y parvenir, de nos jours.

– C'est tout à fait vrai.

Je me force à sourire.

– Je vous souhaite un excellent déjeuner.

Lorsque je fais intrusion dans la cuisine en souriant à Odile, notre cheffe, elle secoue la tête.

– Je vais vous faire envoyer votre repas habituel dans votre bureau. Inutile que vous restiez plantée dans ma cuisine surchauffée. Vous m'avez embauchée pour servir tous ces clients huppés. Il n'y a pas de raison pour que je ne puisse pas vous servir, vous aussi.

– Vous êtes un ange, et ce sont ces riches clients qui nous font vivre.

Elle me répond par un *pffff*.

– Vous y parvenez par la force de votre volonté, voilà tout. C'est votre côté irlandais buté. Mais maintenant, il faut que vous appreniez à décrocher votre téléphone pour passer votre commande, comme doit le faire un P.-D.G.

Je ne peux pas lui expliquer qu'il fallait absolument que je sorte de mon bureau, parce que le parfum de Mount y est encore présent et que chaque fois que je ferme les yeux, je le revois assis à mon bureau, puis en train de me coincer dans un angle de la pièce.

– Demain. Promis.

À nouveau, je dédaigne l'ascenseur au profit des escaliers. C'est le seul exercice que je fais et l'ascenseur met plus longtemps à descendre au sous-sol.

Je ne sais pas si tel est le cas ailleurs, mais dans ma famille, le fait que le bureau du P.-D.G. soit en sous-sol signifie qu'il a dû apprendre le métier en partant du bas, et cela lui rappelle qu'il doit rester humble et garder les pieds sur terre.

C'est pour ça que j'ai toujours adoré le sous-sol, jusqu'à l'odeur légère de moisissure qui reste imprégnée dans les vieilles poutres en bois. Mais aujourd'hui, tout ça me semble étranger et sévère. Je regagne mon bureau tout en feignant de retrouver mon assurance habituelle quand j'ouvre le verrou, en me disant qu'il n'y a aucune raison d'avoir peur d'entrer. Mais aussitôt la porte ouverte, je m'aperçois que j'avais tort.

Ma lampe de bureau était éteinte quand je suis sortie, à présent elle est allumée. Il y a un autre message éclairé par le rond de lumière.

« *Cinq jours.* »

À côté, on a posé une photo de mes sœurs et moi, qui est habituellement accrochée au mur, derrière le bureau. Ma première réaction est de paniquer à nouveau, mais je me force à déclarer à mi-voix, en serrant les mâchoires,

– Tu ne me fais pas peur Mount. Je refuse de me mettre à trembler.

Cette fois, aucune réponse ne me parvient de la pénombre.

***

Les messages continuent à arriver.

«*Quatre jours*», avec une photo de Magnolia et moi devant le Sacré-Cœur, prise en troisième. Je l'ai trouvée sur le siège avant de ma voiture fermée à clé.

«*Trois jours*», avec une copie d'une photo de moi et mes employés, issue du journal interne de l'entreprise. Celui-là était roulé et glissé dans notre boîte aux lettres professionnelle.

«*Deux jours*», avec une photo de moi, *dans mon propre putain de restaurant*, agrafée à une ramette de papier dans la réserve attenante à mon bureau.

«*Un jour*», avec une photo de mes parents prise au téléobjectif sur le terrain de golf, sur laquelle ils portent les mêmes vêtements que sur le selfie qu'ils ont posté *hier* sur Facebook. Je l'ai trouvée dans mon sac à main, que je garde sous clé dans le tiroir de mon secrétaire lorsque j'ai voulu prendre ma carte de crédit.

Mount a réussi son coup, je suis en train de devenir complètement dingue à force d'attendre ce qui va pouvoir se passer.

Je laisse tomber mon stylo. Je suis incapable de me concentrer sur quoi que ce soit, même de feuilleter avec mélancolie le programme de la convention Global Whiskey and Spirits à laquelle je n'assisterai pas, la semaine prochaine, à Dublin, parce que *Seven Sinners* ne peut se permettre le moindre frais supplémentaire, sans compter ce genre de dépense somptuaire. Peut-être l'année prochaine. Si je suis toujours en vie.

Je n'en peux plus d'attendre. De me demander ce qui va arriver. J'attrape mon téléphone et j'appelle la seule personne à qui je puisse parler de cette catastrophe.

– Comment est-ce que je peux le trouver ?

Ce n'est pas une question, c'est une exigence. Magnolia s'empresse de me répondre.

– Tu ne le trouves pas, Ke-ke. C'est lui qui te trouve.

– Mais il vient de m'envoyer une photo de mes parents qui a été prise hier.

– Je t'avais prévenue que ce type n'était pas un charlot.

Sa voix est calme.

– Et bien, j'en ai assez d'attendre. J'ai en marre. Marre. S'il me veut, il n'a qu'à venir me chercher, et je te promets qu'il va le regretter.

Le silence flotte dans l'air quelques instants.

– Vu le tempérament de feu qui est le tien, ma belle, il faut que tu te calmes. Ceci n'est pas un jeu dont tu détiens les règles. Je t'ai expliqué comment ça marchait. C'est lui qui mène la barque, ou bien…

Je l'interromps,

– Ou bien les gens meurent. J'ai pigé. Il me l'a bien fait comprendre, et j'en ai ma claque. Je veux que ça s'arrête. Dis-moi simplement où je peux le trouver, bordel.

– Ke-ke…

– Ne me dis pas que tu n'en as pas idée, parce que je ne te croirai pas.

Son soupir appuyé est interminable.

– Je ne suis pas sûre, et je ne te mens pas. Mais j'ai entendu dire que si tu vas dans un bar très particulier sur Bourbon et que tu donnes un code secret très particulier lui aussi, quelqu'un te répond et te conduit peut-être jusqu'à lui, s'il désire te voir. C'est comme avec la reine d'Angleterre. Tu ne peux pas simplement exiger une audience.

– Il a intérêt à vouloir me recevoir. C'est bien ça qu'il veut, non ? Moi ?

– Réfléchis bien avant de faire un truc stupide. Tout ce truc du bar et du mot secret n'est qu'une rumeur, un ouï-dire. Si j'étais toi, je ne tenterais pas le diable. Plus qu'une journée et il va bouger.

Comme si Magnolia ne me connaissait pas depuis mes dix ans ! La patience n'a jamais été mon fort.

– Non. Je n'attends plus. Je lance l'offensive. Dis-moi où je dois aller et ce que je dois dire.

– Ce n'est pas une bonne idée, Ke-ke.

Mon cœur bat la chamade, j'ai une boule dans la gorge qui m'empêche presque de parler. C'est peut-être mon bon sens qui essaie de s'interposer. Tant pis. Je déglutis et je répète ma question.

– Dis-le moi, Mags.

Pendant un instant, je crois qu'elle ne va pas me le dire, mais elle finit quand même par me refiler l'information.

– Réfléchis bien à ce que tu fais. Tu ferais mieux de ne pas tenter le diable. Tu as plein de gens qui tiennent à toi et je ne te dis pas ça pour être égoïste. Je suis prête à rencontrer mon créateur à tout moment, mais j'aimerais mieux que ça ne soit pas aujourd'hui.

Je prends une profonde inspiration et j'expire lentement.

– Je te dirai ce que je décide.

Je raccroche avant qu'elle n'ait le temps d'essayer de m'en dissuader encore une fois.

En reposant mon téléphone sur le bureau, je jette un regard à la reconnaissance de dette qui a dirigé chacun de mes instants ces six derniers jours. La reconnaissance de dette qui va faire de moi une pute pour payer la dette de mon ordure de mari mort et infidèle.

Un éclat de rire hystérique explose au fond de ma gorge. Ça paraît tellement ridicule. Je n'ai jamais gobé ce concept débile selon lequel la vie est censée être juste, mais est-ce juste que cela tombe sur moi ? Je repense à l'instant où j'avais entendu la voix de Mount quand il était dans ce bureau, en train de parler avec Brett. Ce n'est pas le jour où ils avaient signé cette reconnaissance, ça c'est certain. C'était plus tard.

Peut-être qu'ils se disputaient alors à propos du paiement, qui sait ?

J'aurais aimé être une meilleure espionne pour une fois parce qu'ainsi j'aurais peut-être pu avoir quelques munitions pour le jour où je rencontrerais le diable dans son antre.

Tout ce dont je me souviens, c'est le murmure de la voix de Brett et le courroux dans celle de l'inconnu. Ça ne m'aide pas du tout. Bon, à présent, j'ai le nom d'un bar et un mot de passe secret. On se croirait revenus dans un bar clandestin, tout droit sorti de La Nouvelle-Orléans à l'époque de la Prohibition, lorsque mon arrière-grand-père vendait du whiskey de contrebande pour nourrir sa famille.

Les Kilgore ont toujours fait ce qu'il fallait pour survivre, et je possède moi aussi ce trait de caractère.

Mais est-ce que survivre implique d'attendre un jour de plus ou de partir à sa recherche maintenant ?

Je passe mon sac en bandoulière et je sors de mon bureau, encore indécise quant à la marche à suivre.

SEPT

KEIRA

Je décide d'attendre encore un jour avant de faire une connerie. Après tout, les jeux sont faits, c'est le jour J. Le jour de l'échéance.

– Vous voulez que je vous tatoue quoi exactement sur les fesses ?

Le géant barbu me dévisage d'un air beaucoup plus choqué que ce que j'aurais cru dans un salon de tatouage de La Nouvelle-Orléans répondant au nom de *Voodoo Ink*.

– Ce n'est pas votre problème, si ?

Il se penche en posant ses épais avant-bras tatoués sur le comptoir.

– Écoutez, Madame, avant toute chose, sachez que je suis complet pour les six mois à venir.

Je croise les bras, je le regarde dans les yeux en faisant comme si je n'étais pas impressionnée le moins du monde. Ce qui est faux, je le suis. Qui aurait pu penser que cet endroit était tellement fréquenté ?

– Cela ne vous prendra pas plus d'un quart d'heure. Vous pouvez très bien me caler dans votre emploi du temps surchargé.

Quelqu'un se marre dans l'arrière-boutique et des talons claquent sur le carrelage noir et blanc. Une femme splendide, avec une frange à la Bettie Page teinte en bleu, apparaît. Elle se met à m'examiner.

– L'unique raison pour laquelle une femme veut « JE N'APPARTIENS À AUCUN HOMME » sur les fesses, c'est à cause d'une rupture compliquée.

– Le genre de rupture qui se termine par la mort d'un mari qui la trompe dans une voiture carbonisée dans le Ninth Yard ?

Je les regarde à tour de rôle. Mon cœur bat la chamade d'exprimer si froidement les choses, mais les faits sont les faits.

L'homme recule, la femme ouvre de grands yeux. Leur changement d'attitude me laisse penser qu'ils savent parfaitement qui je suis. La mort de Brett a vraiment fait les gros titres.

– J'ai bien peur que nous ne puissions pas vous aider aujourd'hui, Madame, et j'ai l'impression que toutes les autres boutiques de la ville vont vous faire la même réponse, dit-il de sa grosse voix, un peu plus doucement.

La femme contourne le comptoir.

– Et que diriez-vous d'aller boire un café à côté et de vous lâcher un bon coup avec une parfaite inconnue pour vous libérer et éviter de commettre la terrible erreur de vous faire tatouer une horreur que vous allez regretter le restant de vos jours ?

Je suis sur le point de lui dire que le reste de ma vie ne sera sans doute pas très long, mais au lieu de ça, je me mets à suivre le bruissement de sa robe rose rétro avec un volant noir qui dépasse pendant qu'elle m'entraîne hors de la boutique.

Le café d'à côté est en fait une boutique de donuts du nom de *Your Favorite Hole*[4]. Je ne m'y suis encore jamais arrêtée, parce que le moindre donut que j'avale tombe directement sur mes fesses, celles que je voulais faire tatouer, et j'ai déjà du mal à entrer dans la plupart de mes jeans.

La femme passe commande pour nous deux sans se donner la peine de me demander ce que je veux. La fille au bar nous sert nos boissons, avec un sac de beignets à trous.

– Celle-ci est pour vous.

Elle désigne une des deux tasses et apporte l'autre et les donuts à une table.

J'attrape ma boisson et je la suis.

– Au fait, je m'appelle Delilah, dit-elle en me tendant la main.

– Moi, c'est Keira.

– Kilgore, c'est ça ? Je m'en suis doutée en entendant votre histoire. Il n'y a pas grand monde qui puisse vivre une telle galère. Mais, honnêtement, je crois que je vous avais reconnue avant. Vous faites un putain de whiskey de dingue. J'adore le single

4. « Votre Trou Préféré ».

malt et aussi ce cocktail que vous avez inventé avec de la limonade et un soupçon de menthe. Sérieux, c'est à se damner....

Elle fait une pause.

– Et, par ailleurs, toutes mes condoléances. Quoi qu'il en soit, ça craignait vraiment.

Sans que je sache pourquoi, une envie de pleurer monte en moi, que je ravale. Brett a déjà bénéficié de bien trop de larmes. À la place, je réponds simplement :

– Vous n'avez pas idée à quel point.

Elle avale une gorgée de café avant de reposer son gobelet sur la table.

– Je vous crois. Bon, est-ce que vous allez me dire ce qui a déclenché cette idée de vous faire tatouer ? Parce que vous ne soupçonnez pas le nombre de belles histoires qui débutent par notre refus de tatouer les fesses de quelqu'un.

Un instant, je suis sur le point de lui raconter le désastre que je vis, mais je ne peux risquer d'embarquer une autre innocente dans cette galère. Ou plus précisément dans la zone de mise à mort. Je réponds vaguement :

– Peut-être que je ressens simplement le besoin d'affirmer mon indépendance.

– Ce qui implique que vous avez l'impression que quelqu'un tente de vous l'ôter.

Je lui lance un regard acéré, car sa remarque est pertinente.

– Vous êtes tatoueuse ou psy ?

Elle se met à rire et plonge la main dans le sac de donuts. Mon Dieu, ils sentent délicieusement bon.

La cannelle, le sucre, et toute cette pâtisserie ! J'ai bien envie d'en prendre un, mais je me retiens en avalant une gorgée de café. Il a presque le même goût que l'odeur des donuts.

– En fait, je suis un peu les deux. J'ai vu bien des horreurs. J'en ai entendu plus encore.

Elle fait le tour de la salle du regard comme pour s'assurer que personne ne nous espionne.

– Je sais que vous ne me connaissez pas, mais je vais tout de même vous donner un conseil. J'ai l'impression que vous vous êtes fourrée dans une situation franchement pas terrible, vu la voiture aux vitres teintées garée de l'autre côté de la rue et le type qui fait semblant de ne pas vous observer.

Je m'apprête à tourner la tête dans la direction de la vitrine, mais elle m'arrête en me fourrant un donut devant les yeux. Il rebondit sur mon front, ce qui détourne mon attention.

– Mais qu'est-ce que vous faites ?

– Ne regardez pas.

Une douleur me lance dans la tête, du coup j'avale un peu plus de caféine en espérant que ça va calmer le mal de crâne qui commence.

– Ok, très bien. C'est quoi, votre conseil ? je lui demande en reposant ma tasse de café sur la table.

– Eh bien, si vous tenez à affirmer votre indépendance ou à envoyer un message fort à quelqu'un, je vous suggère de trouver une autre façon de le faire, un peu moins indélébile qu'un tatouage. Je ne plaisantais pas lorsque je vous ai dit que vous alliez le regretter toute votre vie.

Bien qu'elle m'ait dit de ne pas regarder, je lève nonchalamment mon café et je heurte le sac de donuts qui se renversent sur la table. Profitant d'une seconde de distraction de Delilah, je jette un coup d'œil.

C'est clair, il y a un type en costume contre un réverbère avec un journal sous le bras. Une BMW noire est garée sur la place de parking devant lui.

Delilah finit par saisir mon manège.

– Je vous avais dit de ne pas regarder.

– Est-ce que ça a la moindre importance ?

– Que vous êtes suivie, que maintenant vous le savez et qu'il sait que vous le savez ?

Elle hausse les épaules.

– Je n'en sais rien. Ça dépend à qui vous avez affaire.

Je baisse le regard sur mon gobelet de café en jouant avec son couvercle.

– Merde. C'est grave, n'est-ce pas ?

Je ne peux qu'acquiescer de la tête.

– À quel point êtes-vous coincée ? demande-t-elle.

Je la regarde bien en face.

– Qu'est-ce que ça peut vous faire ?

– Nous avons l'habitude de ramasser les chiens perdus au *Voodoo*, et bien que je ne puisse pas considérer Keira Kilgore, de *Seven Sinners*, comme un chien perdu, aujourd'hui vous semblez un peu moins posée que j'aurais pu m'y attendre, vu votre réputation. Si je peux vous aider, dites-le-moi.

– Personne ne peut rien faire pour m'aider. Je veux dire, à moins que vous soyez à la tête d'une énorme somme d'argent.

J'attrape un donut et je l'enfourne pour m'empêcher d'en dire plus. Pendant que je mâche, Delilah m'observe.

– Très bien, ne me dites rien, mais si vous voulez vraiment faire ça, je peux vous recommander une excellente artiste de henné, à seulement deux pâtés de maisons d'ici.

***

Je quitte la boutique de henné avec le sentiment d'avoir regagné un peu de contrôle sur ma vie.

Dette ou pas, il est clair à présent que je ne serai jamais la propriété d'aucun homme. Ce soupçon d'optimisme me transporte pendant tout le trajet de retour à la maison, mais il est subitement douché lorsque j'ouvre la porte de ma chambre pour y découvrir une boîte posée sur mon lit.

Elle ne comporte aucun logo, aucun signe, c'est juste une grosse boîte noire brillante, qui a la taille parfaite pour contenir un assortiment de membres humains.

Seigneur Jésus. Depuis quand est-ce que j'imagine ce genre de truc ?

Ma voix intérieure ne se donne pas la peine de répondre, la réponse est évidente. L'identité de celui qui me l'a fait parvenir ne fait pas de doute.

J'attrape mon téléphone pour appeler Magnolia.

– S'il te plaît, dis-moi que tu n'as rien fait de stupide ? dit-elle au lieu de me dire bonjour.

– Rien d'irréparable en tout cas.

Je perçois son soupir de soulagement à travers l'écouteur.

– Tu n'as pas tenté de partir à sa recherche ?

– Non, mais je suis en train de fixer des yeux une boîte sur mon lit, que lui ou quelqu'un de sa clique a dû déposer.

– Qu'est-ce qu'il y a dedans ?

– Je ne l'ai pas ouverte.

– Mais qu'est-ce que tu attends, bordel ?

– Et s'il y a des morceaux humains à l'intérieur ?

Elle reste silencieuse un instant.

– Tu n'as pas tenté de t'enfuir. Tu n'as rien fait de stupide. Il n'y a aucune raison qu'il t'envoie des morceaux de corps. Ouvre cette putain de boîte, Ke-ke.

Le fait qu'elle liste aussi tranquillement les raisons pour lesquelles je n'aurais pas reçu de morceaux humains me rappelle à quel point ma situation est précaire. Ma petite escapade à la boutique de henné me semble soudain bien ridicule. *Encore heureux qu'ils ne m'aient pas tatouée au* Voodoo…

– Je ne veux pas l'ouvrir.

Ma voix semble têtue, obstinée, comme celle d'un enfant qui ne veut pas manger ses légumes.

– Ne me force pas à venir le faire à la place de ton petit cul entêté d'Irlandaise. Mets-moi sur haut-parleur, pose le téléphone et ouvre cette foutue boîte.

– Ok, d'accord.

Je pose le téléphone avec le haut-parleur enclenché et je m'apprête à soulever le couvercle de la boîte.

– Tu ne cries pas, donc je suppose qu'il n'y a pas de morceaux humains ?

Le fait que Magnolia puisse être tellement désinvolte face à cette situation me dépasse, mais c'est révélateur du fait que sa vie et la mienne, du moins jusqu'à cette semaine, étaient totalement et radicalement différentes.

– C'est du papier de soie, noir.

– Eh bien, ouvre-le, ma poulette. Ce suspense est insupportable !

Je repousse le papier noir, et en dessous il y a un tissu de soie noire qui me glisse entre les doigts. Je sors une robe qui doit coûter plus cher que ma voiture.

– C'est une robe. Courte et noire. En soie, peut-être ?

– C'est mieux qu'un bout de corps. Beaucoup mieux. Je suppose que ça coûte un bras.

Je n'arrive pas à imaginer qu'un homme avec la réputation de Mount puisse prendre le temps de choisir ce qu'il veut que je porte lorsque je vais honorer ma dette. Il ne l'a probablement pas fait. Il a peut-être un acheteur personnel pour ce genre d'occasion.

Je vérifie la taille. Bien entendu, c'est la bonne. Je me demande comment il l'a su, puis je me rappelle qu'il est entré plus d'une fois dans mon appartement. Et alors, je vois le nom sur l'étiquette. *Versace*. Seigneur. Cette chose coûte réellement plus que ma Honda.

– Bon, et quoi d'autre ?

– Attends, je regarde.

Je pose la robe sur le couvre-lit et je découvre d'autres papiers de soie entourant un ensemble de lingerie noire incrustée de petits cristaux qui brillent comme des diamants.

Et si c'était des diamants ?

Je me souviens d'avoir lu un article à propos d'un soutien-gorge en diamants et je suis déjà passée devant des vitrines de lingerie de luxe, mais je ne me suis jamais donné la peine d'entrer, vu que je ne pouvais même pas m'offrir la moitié d'un string.

Voir ça, posséder ça devrait me remplir d'excitation, mais tout ce que je ressens, c'est une rage intense et un ressentiment de plus en plus fort.

– J'entends un bruit de papier. Qu'est-ce que tu as trouvé d'autre ?

– De la lingerie.

– Bien entendu. J'imagine que ce n'est pas de la merde ?

– Ça coûte sans doute plus que mon loyer, je marmonne en ouvrant un autre paquet de papier de soie.

– Et des chaussures.

Je soulève un stiletto noir incrusté de cristaux en observant le talon qui ressemble à un pic à glace et les délicates lanières qui s'enrouleront autour de mes chevilles.

– Quelle marque ?

Bien sûr, elle veut savoir.

– *Manolo Blahnik*.

Je ne pensais jamais pouvoir posséder un jour ce genre de chaussures. Et voilà que je ne peux même pas les apprécier, car je vais devoir les porter parce que c'est lui qui l'a décidé.

– Merde. Il a acheté le top du top. Je crois que c'est bon signe.

Le nœud que j'ai à l'estomac est en total désaccord avec elle.

– Rien d'autre ?

Je soulève l'autre chaussure et je trouve un mot en dessous, de la même graphie noire que les autres.

« *Un chauffeur passera vous prendre à 21 heures.* »

Je le lis à Magnolia.

– Tu as intérêt à raccrocher et à commencer à te préparer. Il faut que tu le fasses tomber à la renverse, Ke-ke. Rends-le dingue au lieu de le laisser te rendre dingue.

– Je vais faire de mon mieux.

Une autre pensée me traverse alors l'esprit, et je balbutie :

– Si… S'il m'arrivait quelque chose, tu diras à mes parents et à mes sœurs…

Magnolia me coupe la parole.

– Tu ne vas pas mourir ce soir, ma puce. Je te le jure. Donne à ce type ce qu'il ne sait même pas qu'il désire, ce qui est tout toi, et tout ira bien. Maintenant, vas-y. Enfile cette armure et pars terrasser le dragon.

Je raccroche et je regarde l'ensemble haute couture étalé sur le lit. Je devrais avoir l'impression d'être une princesse qui s'habille pour aller au bal, pas une prisonnière en route pour son exécution. Mais aucune princesse n'a jamais rencontré Mount. Ça au moins, j'en suis certaine. Je ramasse le mot.

Il n'est pas signé. Il ne m'ordonne ni ne me demande de porter les vêtements. Rien d'autre que la simple information de l'heure à laquelle on va me venir me chercher. Rien que ce mot attise le feu dans mes veines.

Ce type est tellement habitué à obtenir ce qu'il veut qu'il ne s'attend à rien d'autre qu'à une obéissance totale à ses ordres, explicites comme implicites.

Qu'il aille se faire foutre !

Tout en moi me pousse à me rebeller. Mais il y a une petite voix qui me hurle, *fourre quelques affaires dans un sac, cours à l'aéroport et monte dans le premier avion pour Madagascar.*

Je ferme les yeux et je repense aux photos que j'ai reçues pendant la semaine. Mes sœurs. Mes parents. Magnolia. Mes employés.

L'image d'une femme qui danse sur des tessons de verre. Les cauchemars qui deviendraient réalité si je ne me soumets pas. M'enfuir serait un acte d'égoïsme ultime, je vaux mieux que ça.

Mount peut réclamer sa « livre de chair », mais c'est la seule chose qu'il n'obtiendra jamais de moi.

HUIT

KEIRA

Je regarde à travers les lamelles de mes stores une voiture s'arrêter devant chez moi à vingt et une heures précises. Je suis tiraillée entre le désir qu'il soit en retard et le fait de savoir que je ne vais pas attendre longtemps avant de découvrir ce qui va se passer cette nuit.

Est-ce que je dois sortir ? Attendre que le chauffeur monte jusqu'ici ? Je n'ai aucune expérience de ce genre de situation. Aucune des règles de savoir-vivre d'Emily Post[5] ne semble correspondre à ça.

Je sais déjà qu'ils peuvent s'introduire chez moi, alors pourquoi lui simplifierais-je les choses ? J'attends à l'intérieur, comme une fille dont le petit ami

5. Écrivaine américaine née en 1872, célèbre pour ses ouvrages sur le savoir-vivre.

vient de klaxonner pour qu'elle sorte et qu'il n'ait pas à venir jusqu'à sa porte. Ça ne m'est arrivé qu'une seule fois et mon père ne m'a pas laissée mettre un pied dehors. Non, à la place, c'est lui qui est sorti et qui a passé un savon au garçon pour lui apprendre les bonnes manières. Inutile de vous dire que je n'ai plus été très sollicitée après ça.

L'horloge de mon micro-ondes indique neuf heures une, et la portière de la voiture ne s'est toujours pas ouverte. En fait, elle ne s'ouvre pas avant neuf heures trois. Un homme vêtu d'un costume bien coupé descend du siège avant.

Il ne verrouille pas cette voiture qui semble pourtant coûter une fortune, particulièrement dans mon quartier peu recommandable. Pendant une seconde, je me dis qu'il est idiot, avant de me rendre compte que c'est moi l'idiote. Je resserre la ceinture de mon trench-coat noir poids plume de *London Fog*, une affaire que j'ai dégotée à Costco pour quarante dollars. C'est sans doute dérisoire, comparé aux vêtements de haute couture que Mount m'a envoyés, mais je m'en fiche royalement. La respiration courte, je déverrouille ma porte et je l'ouvre.

L'homme me lance un rapide coup d'œil de la tête aux pieds, puis tourne la tête. Il ne profère pas un mot, il se contente de faire demi-tour et de prendre le couloir en direction des escaliers. Je plisse les paupières et je pose un pied chaussé d'un stiletto dans le couloir. Je sais qu'à mon retour, *si* je reviens, je ne serai plus la même femme. Cette expérience va me changer radicalement et, à cause de cela, je hais déjà Mount.

Bien que je ne me sente plus du tout en sécurité dans mon appartement, je prends le temps de refermer les deux verrous avant de suivre l'homme muet dans l'escalier. Il les descend lentement, comme s'il savait que je n'ai pas l'habitude de porter des talons aussi hauts. La lumière fluo du plafond éclaire violemment une fine cicatrice sur le côté gauche de son visage. Elle est ancienne, mais n'a visiblement pas bien cicatrisé.

Est-ce que c'est Mount qui lui a fait ça ?

Lorsque nous atteignons le rez-de-chaussée, il ouvre la porte d'entrée et me fait un nouveau signe de tête comme s'il voulait que je passe devant.

Répondant à son ordre muet, je m'avance sur le trottoir fendillé sur mes talons aiguilles. La Balafre me suit en silence. Je n'ai pas besoin d'entendre le bruit de ses pas pour savoir qu'il est là. Je le sens. Lorsque j'atteins la place de stationnement, je me glace en songeant aux statistiques selon lesquelles il n'existe pratiquement aucune chance de s'en sortir lorsqu'un kidnappeur vous fait monter dans sa voiture.

L'idée de m'enfuir me traverse à nouveau l'esprit, clignotant cette fois comme des lumières au néon. Mais toutes les raisons qui m'ont retenue d'embarquer mon sac jusqu'à l'aéroport me reviennent en mémoire, ainsi qu'une autre, plus pratique : je n'irais pas bien loin avec ces talons si je me mettais à courir.

Quelles seraient les conséquences de cet acte de lâcheté ? Je ne veux pas le savoir.

La Balafre m'ouvre la portière arrière sans même me faire signe d'entrer. Personne ne désobéit à son boss, et il le sait.

Je baisse la tête et je me glisse à l'intérieur du véhicule le plus luxueux que j'ai jamais vu. Le siège en cuir épouse mon corps pendant qu'il referme la portière. Nous y voilà. J'ai soudain la bouche sèche face à cette évidence.

Je ne suis rien d'autre que ce que Mount a exigé qu'on lui livre. Je ne mérite même pas un mot de son chauffeur quand il se glisse sur le siège conducteur et qu'il démarre.

Vu la façon dont mon cœur bat, je suis quasi certaine que je vais faire une crise cardiaque avant que la voiture ait fait un mètre. Je tente de déglutir, mais la sécheresse de ma bouche rend la chose presque impossible.

Je regarde discrètement le porte-bouteilles installé à l'intérieur. Il contient une bouteille de Bling H2O[6]. Je n'en avais jamais vu, mais je me rappelle avoir lu un article online qui racontait comment un entrepreneur avisé avait transformé une eau minérale du Tennessee en un produit à quarante dollars la bouteille en incrustant des cristaux de Swarovski dans une bouteille givrée.

Bling semble être le thème de la soirée, comme si l'eau avait été choisie pour correspondre aux chaussures et à la lingerie. Ou bien peut-être que Mount est tellement riche qu'il se fiche de jeter son argent par les fenêtres pour de telles extravagances.

Je me méfie de ce que peut contenir cette eau, j'oublie donc la bouteille et je m'aperçois alors que

6. Marque américaine d'eau minérale très bling-bling.

La Balafre me tend quelque chose, entre les deux sièges avant. Une capuche en tissu noir. On dirait ces trucs que la CIA fait enfiler aux terroristes avant de leur infliger le supplice de la baignoire.

Jésus. Marie. Joseph. Si, jusque-là, je croyais que la crise cardiaque était imminente, cette probabilité est soudain multipliée par dix.

La Balafre me la tend, sans dire un mot.

Est-ce que je me rebelle ou est-ce que je me soumets ? C'est la question que je vais sans doute me poser pendant toute la nuit.

Je réponds rapidement dans ma tête. Je vais garder ma rébellion pour l'homme qui la mérite. Enfin, si j'en ai le courage lorsque le moment viendra.

– Très bien, j'aboie.

Je lui arrache la capuche et je l'enfile. Je n'ai pas, non plus, passé des heures à me coiffer. J'ai refusé d'offrir ce genre de considération à Mount. Ma masse de cheveux était complètement folle après que j'ai passé ma journée à les tripoter tout en paniquant en pensant à la nuit qui s'annonçait. À présent, elle sera encore un peu plus en bataille.

Ça m'est bien égal.

Alors que ma vision se voile, La Balafre démarre et manœuvre la voiture silencieusement pour s'engager dans la rue. J'écoute les bruits extérieurs et j'essaie de deviner où il m'emmène. La circulation semble augmenter, des klaxons retentissent et j'entends de la musique au loin.

Le Quartier Français ? Est-ce qu'il m'emmène au bar dont Magnolia m'a parlé ? Celui du code secret ?

Impossible de le savoir à moins d'ôter cette capuche, et j'ai l'impression que cela finirait mal pour moi. Vingt minutes plus tard, dans un crissement de pneus, la voiture tourne, avant d'avancer à nouveau.

Un garage ? Un entrepôt ? Je n'en sais rien.

La Balafre coupe le moteur et sa portière s'ouvre. Un instant plus tard, un courant d'air froid me caresse les jambes. Je serre la ceinture de mon trench-coat. Quand une main se pose sur mon bras, je fais un bond sur mon siège en cuir.

– Prévenez-moi la prochaine fois, d'accord ? Vous ne voulez pas que je fasse une crise cardiaque avant même que nous arrivions là où nous sommes censés aller ?

Il ne répond pas, il se contente de m'aider à sortir de la voiture à l'aveuglette. Je m'attends à ce qu'il me tire doucement derrière lui pour que je ne trébuche pas, mais il me prend dans ses bras comme un jeune marié lors de sa nuit de noces.

Cette pensée me serre le ventre, je me souviens que Brett m'avait fait franchir le seuil de ma maison comme ça après que nous nous étions mariés en cachette.

Ce sale enfoiré de menteur infidèle !

La rage me saisit à nouveau, me raidit l'échine à l'idée de devoir bientôt affronter l'homme le plus dangereux de La Nouvelle-Orléans.

J'essaie d'enregistrer les tournants, les montées et les descentes, le bruit des portes qui s'ouvrent et des choses qui glissent, mais c'est complètement désorientée que La Balafre me repose enfin sur mes pieds.

La première odeur qui me frappe est celle d'un léger mélange de fumée de cigare, de cuir et de vieux livres. Les pas s'éloignent et je perçois un autre bruit de glissement, presque imperceptible. Si je n'avais pas été aveuglée, je ne l'aurais sans doute pas entendu.

J'arrache la capuche de ma tête. J'ai du mal à ajuster ma vue à la lumière tamisée, je reçois une décharge d'adrénaline.

Combattre ou fuir.

Je suis prête.

J'imaginais faire face à un homme arrogant, celui qui s'était assis à mon bureau comme s'il lui appartenait, mais il n'y a personne.

Je me retourne en ayant du mal à garder l'équilibre sur mes hauts talons. Je suis complètement seule.

Ma première pensée: est-ce que La Balafre s'est trompé d'endroit? Je m'attendais à une chambre de bordel, avec un grand lit où Mount m'aurait forcée à faire toutes les saloperies que son esprit malade pouvait désirer.

Mais il n'y a aucun lit en vue. Les seuls meubles de cette pièce sont de grandes bibliothèques qui tapissent tous les murs, deux larges fauteuils de cuir de la taille parfaite pour un homme grand et quelques lampes posées sur les tables, ainsi qu'une desserte avec des carafes en cristal. Mes yeux détaillent la pièce à la recherche de la porte.

Une autre vague de panique m'envahit quand je me rends compte *qu'il n'y en a pas.*

Je déglutis à nouveau. Ma bouche est encore plus sèche que dans la voiture. Je me concentre sur ma respiration. Nous sommes à La Nouvelle-Orléans. Les pièces et les passages secrets sont monnaie courante. Ce n'est pas bien grave.

Sauf lorsque l'homme que vous rencontrez à la réputation de faire disparaître ses maîtresses.

Mais je ne suis pas l'une d'elles. Je suis juste une paire de fesses qu'il s'approprie en paiement d'une dette. Rien de plus. Rien de moins.

Debout, au milieu de la pièce, j'attends. Je vois un globe de verre noir incrusté dans un angle du plafond.

Une caméra.

Est-ce qu'il m'espionne ?

Sous l'impulsion de la colère, je me redresse dans un éclair de courage.

Pour la première fois de ma vie, j'espère vraiment que Lachlan Mount me regarde. Je dénoue la ceinture de mon trench-coat et je le laisse glisser par terre.

NEUF

MOUNT

La réunion n'en finit pas. Deux grands patrons des cartels qui rivalisent pour le pouvoir dans ma ville sont assis de l'autre côté de mon bureau. Ils se sont cherché des poux toute la soirée, et je les ai laissés faire.

Partout ailleurs, cela se serait terminé dans un bain de sang, bien qu'ils aient accepté d'être dans la même pièce, mais là, ils n'ont pas osé. S'ils veulent faire des affaires à La Nouvelle-Orléans, ils doivent passer par moi, sinon rien.

Je sais déjà que ce deal sera conclu avant qu'ils quittent la pièce, parce que, hier, j'en ai décidé ainsi. Je me fiche que les Mexicains se croient tout-puissants. Dans ma ville, il n'y a qu'un seul roi, et c'est moi.

Régner par la peur, mais gagner le respect par les actes.

C'est ce que j'ai fait depuis presque vingt ans, depuis que cette sage pensée m'a été transmise par un chef de cartel moribond, que la CIA avait mis à la retraite à La Nouvelle-Orléans. C'est lui qui a également allumé l'étincelle qui a embrasé mes veines lorsque je me suis emparé des commandes d'un empire. Après ça, ma vie est devenue quelque chose que je n'aurais jamais pu imaginer. CIA. NSA. FBI. DEA. Cartels. Mafia. Yakuzas. Bratva[7].

À présent, je travaille avec eux tous et la chose la plus importante que j'ai apprise, c'est que seul compte le pouvoir. La plupart des hommes ont trop de failles en eux pour s'y maintenir longtemps.

V entre dans la pièce et me fait un hochement de tête. L'excitation que j'ai contenue toute la nuit remonte à la surface, je la ravale.

Les Mexicains continuent de se chamailler. Dans mon désœuvrement, je m'autorise un coup d'œil au moniteur posé sur mon bureau qui me montre différents écrans, et plus particulièrement celui de la pièce où V l'a déposée.

Est-ce qu'elle cherche frénétiquement une issue ? V ne m'a pas envoyé de texto pour m'annoncer le moindre problème. Pas d'indication d'une quelconque résistance de sa part.

Là voilà. Elle est en train d'arracher la capuche, sa chevelure rousse indomptée s'étale librement au grand air.

---

7. Mot d'argot russe qui signifie « confrérie » ou « l'ensemble des frères » et sert à désigner les membres du groupe autour de son chef.

Je détourne les yeux de l'écran pour les poser sur les Mexicains qui continuent à discuter. Je les écoute d'une oreille, en intervenant juste ce qu'il faut pour que ça reste correct, mais mon regard est à nouveau attiré par l'écran.

Elle ne s'est pas mise à jeter les livres par terre pour chercher une issue. Voilà qui est intéressant. Mais la fascination qu'elle exerce sur moi disparaîtra aussi vite que pour toutes les autres.

Après plusieurs années au top niveau, plus rien n'est un challenge pour moi. Je m'ennuie depuis presque vingt ans, mais j'espère qu'une fière rouquine m'apportera au moins un peu de divertissement avant que mon intérêt s'émousse.

J'observe avec dégoût les hommes de l'autre côté de mon bureau. Deux des parrains mexicains de la drogue les plus craints, et je pourrais les descendre tous deux dans mon bureau sans que personne ne réagisse.

Quand vous avez la réputation de n'avoir aucune limite, aucune faiblesse et d'être capable de remplir les rues de sang, les gens ne testent pas vos limites, ils n'enfreignent pas vos règles.

Une partie de moi est déçue que Keira Kilgore ne se soit pas rebellée davantage. J'aurais cru que son tempérament de feu d'Irlandaise aurait refait surface, mais apparemment pas.

C'est réellement décevant.

Je m'intéresse vaguement à la discussion, du moins jusqu'à ce qu'elle se tourne face caméra, comme si elle l'avait découverte et qu'elle savait que je la regarde.

Son expression est pleine de défi. Elle attrape la ceinture d'un trench-coat franchement moche et je l'observe avec un intérêt croissant. Lorsqu'elle l'ôte, qu'elle le laisse glisser par terre, ma queue se dresse contre le tissu de soie de mon pantalon.

Merde.

C'est dingue.

Un sourire frémit sur mes lèvres.

Peut-être qu'après tout, elle ne sera pas décevante.

Elle m'a complètement distrait de la conversation qui se déroule devant moi, ce qui n'est pas acceptable.

Je vais patienter.

Ça m'est égal qu'elle soit debout, entièrement nue au beau milieu de ma bibliothèque, sur les talons aiguilles que je lui ai envoyés, la tête fièrement relevée. Elle attendra. Le business passe avant tout, toujours.

Ma bite tressaute à nouveau lorsqu'elle m'offre une vue parfaite de son cul de pêche qui m'appartient à présent.

Sur ses fesses, il y a des lettres tatouées dont je ne me souviens pas avoir eu connaissance dans les informations que j'ai pu collecter sur elle, et encore moins sur ses photos. D'un geste du poignet, je clique sur l'image et je zoome avant en ignorant totalement la discussion qui se déroule devant moi.

Un grognement emplit ma gorge et le feu brûle mon ventre lorsque je déchiffre ces mots.

Je n'appartiens à aucun homme.

Keira Kilgore, tout compte fait, tu n'es absolument pas décevante. Voyons combien de temps cela va durer.

Elle m'a officiellement déconcentré et elle devra me le payer, mais cette réunion est terminée. Je me lève.

– Gustavo, tu prends l'héroïne et l'herbe. Eduardo, tu récupères la coke, les cachets et la meth.

Les deux hommes me regardent, stupéfaits.

– Mais…

– Tu veux retrouver ta maîtresse ce soir, Gustavo ? Parce que si un putain de mot t'échappe encore, je te mets une balle dans le crâne et je lui envoie ta bite dans un paquet-cadeau.

Il ferme son clapet, et je me tourne vers Eduardo.

– Pas de récriminations ?

– Non. Mon organisation va se mettre au boulot.

– Bien, alors nous en avons terminé.

Mes yeux sont de nouveau attirés par l'écran et la femme qui a les mains dans le dos, ses deux majeurs levés en l'air.

Mes narines frémissent.

Aucun homme n'oserait. Pas même les deux bâtards devant moi qui n'ont pas hésité à pendre des innocents aux ponts de Mexico uniquement pour instaurer la peur.

Apparemment, mon intuition concernant Keira Kilgore était la bonne. Il y a un feu qui brûle en elle, que je n'ai jamais trouvé chez aucune femme.

Il est temps d'aller admirer ma dernière acquisition.

DIX

KEIRA

Ce n'est pas une étagère qui bouge. C'est la cheminée. Elle pivote comme dans un film.

Je me retourne pour la voir bouger en laissant retomber mes mains pendant que l'homme qui a hanté tous mes cauchemars depuis une semaine entre dans la pièce. Le mécanisme refait ensuite une rotation pour retrouver sa position initiale.

Il est encore plus grand que dans mon souvenir, mais le parfum envoûtant de citron boisé est le même, sauf qu'à présent il est mélangé à l'odeur du cuir et des livres.

Ses cheveux, parfaitement coupés dans un style que je définirais volontiers par un *Ne me faites pas chier*, sont de la même couleur que ses yeux, presque noirs. Ces yeux qui ressemblent à des charbons ardents pendant qu'ils détaillent lentement mon corps nu.

Plus tôt, quand j'ai laissé choir mon trench-coat, je me sentais audacieuse. Enragée. Pleine de colère. Écœurée par mon mari qui m'avait mise dans cette situation. Ça avait renforcé mon courage, et l'adrénaline avait pulsé dans mes veines.

À présent, voilà que la réalité reprend ses droits.

Je suis face à un homme qui pourrait interrompre ma vie aussi facilement que moi, j'écrase un moustique. Ses lèvres pulpeuses affichent une expression que je pourrais prendre pour un sourire, mais ce n'en est pas un. Il est trop arrogant et sûr de lui. Comme s'il s'amusait à mes dépens. Ce qui est probablement le cas.

J'attends qu'il se mette à parler, mais il n'en fait rien. Il termine son inspection en plongeant son regard dans le mien. J'aimerais détourner les yeux, je n'y arrive pas.

Son aura l'entoure comme un être physique. C'est supposé inspirer de la peur, et ça fonctionne très bien. Je ne sais pas comment décrire plus précisément cette sensation, j'imagine que je ressentirais la même chose si un énorme alligator était sur le point de refermer ses terribles mâchoires sur ma tête pour m'entraîner dans une eau boueuse. Ce serait une mort certaine. Je ne peux pas le laisser me choper, ou je suis fichue.

Je n'avais pas pigé ce que voulait dire Magnolia quand elle m'a décrit son pouvoir, sa présence et son charisme. Maintenant, je commence à comprendre.

Ne montre pas ta peur. Ne montre pas ta peur. Cela devient mon mantra pendant que j'attends qu'il ouvre la bouche.

Après ce qui me paraît être une éternité, il lance deux mots d'une voix grave et rauque.

– Retourne-toi.

Lorsque j'ai résolument présenté mes fesses à la caméra et que je lui ai fait un double doigt d'honneur, je m'étais dit qu'il y avait cinquante pour cent de chances qu'il soit en train de regarder. Là encore, ce numéro insensé avait été initié par l'adrénaline qui à présent m'a désertée.

J'aimerais ranimer les braises de ma rébellion, mais je n'y arrive pas.

Je tourne sur les stilettos, les seuls vêtements que j'ai daigné porter parmi ceux qu'il m'a envoyés, et je lui présente mon dos. Je rejette fièrement mes épaules en arrière.

Ne montre pas ta peur, je me répète en moi-même.

Le parquet craque lorsqu'il fait un pas vers moi. Il s'approche suffisamment pour que je puisse sentir la chaleur de son corps irradier sur ma peau.

– Tu ne suis pas les instructions correctement.

Les mots glissent comme des fantômes sur moi pendant que ses doigts m'attrapent les cheveux. Il tire dessus, suffisamment fort pour me faire tourner la tête sur le côté, me forçant ainsi à croiser son regard noir. C'est comme si je regardais le diable en face.

Comment un homme si cruel peut-il être si brutalement beau, je n'en ai pas la moindre idée. Mon cœur bat la chamade et son regard se fait encore plus insistant.

Ce qui me paraissait être un acte de courage et de défi me semble à présent un enfantillage et ma voix intérieure prend un virage à cent quatre-vingts degrés.

Au diable l'idée de ne pas montrer de peur. Maintenant, c'est le moment de supplier. Il va me tuer.

Ma bouche ne reçoit pas les ordres envoyés par mon cerveau, elle s'ouvre et sort des mots que je n'avais pas prévu de dire :

– Vous ne m'avez pas donné la moindre instruction. Le mot disait qu'un chauffeur allait passer me prendre. C'est tout.

Ces yeux noirs étincellent.

– Tu ne me crois pas assez stupide pour oublier de rajouter à ta note ce qu'impliquent quarante mille dollars de vêtements.

Quarante mille dollars. Putain de merde !

À nouveau, les mots jaillissent de ma bouche sans ma permission.

– Mieux vaut ne pas ajouter cela à ma dette.

Un coin de ses lèvres charnues remonte, dans ce qui, chez n'importe qui d'autre, passerait pour un sourire, mais je ne sais comment le qualifier chez lui autrement que par le terme « effrayant ».

Il lâche mes cheveux et recule d'un pas.

– Penche-toi en avant. Les doigts sur tes orteils.

– Quoi ?

J'ai posé la question à brûle-pourpoint, sur un ton évidemment choqué.

Celui de Mount se durcit.

– Je ne me répète jamais, pour personne.

Je ferme les yeux très fort, j'ai tellement envie de fuir son regard. Qu'est-ce que je croyais qu'il allait se passer ? Qu'il allait me transporter dans un lit, depuis sa splendide bibliothèque, où il allait me faire l'amour en prenant bien soin de me faire jouir ? Un truc que mon enfoiré de mari, environ 98% du temps, ne se donnait même pas la peine d'envisager.

– Ne me fais pas attendre.

Les mots sont prononcés lentement, mais cinglent pourtant comme un coup de fouet. Je ravale une réponse et je me penche en touchant mes ongles de pieds vernis rouge sang du bout des doigts.

Rouge sang. Cela me rappelle la femme qu'il a fait danser sur les tessons de bouteille.

Au lieu de sentir des doigts ou tout autre appendice s'enfoncer en moi, un bout de doigt calleux parcourt chaque lettre que j'ai fait imprimer sur mon cul.

– « Je n'appartiens à aucun homme. » C'est permanent ?

– Non, je murmure. C'est du henné.

– Bien, parce que nous savons tous les deux que ton cul m'appartient, et je détesterais avoir à effacer chaque lettre de tes fesses.

Il sous-entend clairement qu'il les aurait ôtées avec un couteau, même s'il ne l'exprime pas à haute-voix.

Merci à vous, Delilah et le Géant du Voodoo Ink. *Je vous dois probablement la vie.*

Après cette pensée ridicule, je me relève, mais la large paume de Mount m'appuie assez fort sur le dos pour me remettre en position.

– Je ne t'ai pas dit de bouger, ajoute-t-il. Plus vite tu apprendras que tu dois faire ce que je dis, plus facile ça sera pour toi.

Je sens une pointe d'humour transparaître alors dans sa voix.

– Seigneur, il se pourrait même que tu aimes ça.

La rage, celle qui m'a poussée à agir avant qu'il entre dans cette pièce, m'envahit de nouveau.

– Un viol ? Qui peut y prendre plaisir ?

Il enlève sa main aussi vite qu'il l'a posée, ne laissant sur ma peau qu'une sensation de chaleur.

– Lève-toi. Face à moi.

Il aboie ses ordres et je lui obéis, en trouvant tout de même le courage de le regarder dans les yeux. J'y lis la même rage que celle qui m'habite.

– Je vais te baiser comme tu as toujours rêvé qu'un homme le fasse. Et je te garantis que lorsque je serai plongé en toi, pas une seule seconde, tu ne penseras que c'est contre ta volonté.

– Aucune chance. *Jamais je ne le désirerai.*

Ce pari que je lance flotte dans les airs entre nous pendant qu'il s'avance à nouveau vers moi.

Le bout de son doigt effleure mon menton, ce qui me fait tressaillir, descend le long de ma gorge et s'arrête entre mes seins. Mes tétons se dressent, tout durs, malgré moi.

– Ton corps te trahit.

– Il fait froid.

– Mens-toi autant que tu veux, Keira. Dis-moi seulement la vérité sur une chose. C'était quand, la dernière fois que tu t'es fait baiser par un homme, un vrai ? Quelqu'un qui prenne l'ascendant sur toi et te donne ce que tu mourais d'envie de recevoir. Combien de fois as-tu dû te terminer seule, après que ton mou de mari s'était retiré, juste pour pouvoir jouir, toi aussi ?

Je déteste qu'il sache cela.

– Laissez-le hors de tout ça.

Mount hausse le sourcil.

– C'est à cause de lui que nous sommes ici, non ? Il n'a pas pu honorer sa dette et, en plus, il ne pouvait pas honorer sa femme non plus.

Il donne un petit coup du bout du doigt à mon téton déjà durci et j'en ai la respiration coupée. Il prend un de mes seins dans sa paume et le caresse avec son pouce, ce qui m'envoie des décharges dans tout le corps. Je veux le haïr. Je voudrais le haïr comme je n'ai jamais haï personne dans ma vie, mais il a raison. Comme Magnolia avant lui… Mon corps me trahit.

La chaleur brûle ma peau là où il me touche, là où son regard croise le mien, là où l'enfer gronde en moi. Il serre mon téton entre son pouce et son index, de plus en plus fort, jusqu'à la limite entre plaisir et souffrance, jusqu'à ce que mes cuisses se contractent. L'instant d'après, il me relâche et s'éloigne, comme s'il ne m'avait pas quasiment fait jouir par son simple contact. Il penche la tête sur la gauche en m'observant.

– Tu sais ce qu'est le pouvoir, Keira ? Un aphrodisiaque. Tu peux me craindre et me désirer en même temps. Cela intensifiera toutes tes expériences.

Je serre les dents. Je le déteste, mais il se pourrait qu'il ait raison.

– Je ne veux pas de ça. Je n'ai rien demandé et jamais je ne me soumettrai volontairement. Je le jure sur tout ce que j'ai de plus cher.

Une expression que je ne peux pas décrypter tord ses lèvres. Fasciné ? Intrigué ? Provocateur ?

– Alors, tu vas me céder cent pour cent de *Seven Sinners*, et tout de suite.

Il recule et sort de la poche intérieure de sa veste noire une simple feuille de papier pliée en deux. Je croise les bras sur ma poitrine, je ressens tout à coup très violemment ma nudité.

– Non. Cette entreprise est à moi. C'est mon héritage familial. Aussi loin que je m'en souvienne, c'est ce que j'ai toujours voulu avoir. Et si vous croyez que je suis assez conne pour penser que ça ne vaut qu'un demi-million de dollars, vous vous méprenez complètement sur moi.

Il plisse les yeux.

– Avec le poids de sa dette ? Tu oublies que tu es endettée jusqu'au cou ? Tu auras de la chance si j'accepte de la reprendre au lieu d'envoyer ces alambics à la casse.

L'idée que *Seven Sinners* puisse être démantelé déclenche en moi une vague de fureur.

– Ne pense même à toucher ma boîte ! Jamais je ne te laisserai mettre la main dessus !

Ma réponse transpire le mépris. Je m'attends à ce que ça le rende fou de rage, mais au lieu de ça, il se contente de sourire, d'un air sûr de lui.

– Je mettrai la main sur ce que je veux.

Et il sort un stylo de son autre poche.

– Mais si tu signes, tu pourras partir sans que je touche chaque courbe de ton corps jusqu'à ce que je le connaisse mieux que le mien. Sans que je tète ces pulpeux tétons roses. Sans que j'enfonce ma main dans ta crinière sauvage pour te clouer au sol pendant que je baise ton petit cul parfait, jusqu'à ce que tu hurles mon nom.

Je lutte pour reprendre mon souffle pendant qu'il pose la feuille de papier et le stylo sur la table. Un vrai défi. La lumière de la lampe éclaire le titre d'un nouveau document légal dont le seul but est de ruiner ma vie.

CESSION TOTALE ET IRRÉVOCABLE
DE DROITS DE PROPRIÉTÉ

Malgré le feu qu'il a déclenché en moi, je le déteste. Je le hais. Je n'avais jamais vraiment compris ce mot auparavant. Mais en me mettant dans cette position impossible, il me l'a parfaitement fait comprendre. C'est un sentiment viscéral, ça me tord le ventre de rage, assez fort pour éteindre les flammes du désir.

– Tu sais que je ne signerai jamais ça. *Seven Sinners* m'appartient. Les Kilgore sont à sa tête depuis quatre générations, et ce ne sera pas moi qui la lâcherai.

Son expression dédaigneuse se métamorphose en ardeur brûlante.

– La seule façon pour toi de garder *Seven Sinners*, c'est de devenir totalement mienne. De te soumettre complètement, de ton plein gré. Cette offre unique est à prendre ou à laisser, Keira. Je ne t'en ferai pas de plus généreuse et tu n'en recevras aucune autre de quiconque, tu peux en être sûre.

Je ne peux même pas le regarder en face avec son air arrogant, alors je me retourne et je me mets à marcher lentement. Rien à foutre d'être nue. Il sait déjà que je lui appartiens.

– Je n'ai pas le choix, espèce de bâtard. Quiconque me connaît pourrait immédiatement te donner ma réponse. Je crois en ma famille. Notre héritage. Notre whiskey. Notre tradition. Mes salariés.

Ma voix tremble pendant que je scelle mon destin et que je me retourne pour lui faire face.

– Je ne signerai pas. Tu as gagné.

Je peux lire le triomphe sur son visage. Je pourrai m'en servir plus tard comme carburant pour ma haine, quand je le laisserai souiller mon corps. Ses yeux sombres me détaillent avec une expression victorieuse. Il récupère la feuille de papier, la déchire en deux et laisse tomber les morceaux par terre.

– Je savais que je n'aurais pas besoin de ça.

Mon Dieu, quel bâtard ! Il s'est joué de moi. Il m'a donné une lueur d'espoir et l'a fait disparaître.

Mount se penche pour ramasser le trench-coat sur le sol et me le jette.

– Couvre-toi. Tu es à présent la propriété de Lachlan Mount et je ne veux pas que tu agisses ainsi. Efface ces mots de ta peau avant que je te revoie. Je ne veux pas lire ces mensonges quand je te baiserai par-derrière.

Sa propriété. C'est comme ça qu'il me voit. Comme un jouet qu'on possède et dont on se sert.

J'attrape le trench et je l'enfile, je le boutonne jusqu'en haut et je serre la ceinture. Cette fois, je garde les yeux rivés au sol. Ses chaussures noires cirées pénètrent dans mon champ de vision lorsque ses doigts attrapent mon menton pour me forcer à croiser son regard.

– Tes orgasmes m'appartiennent. Si jamais tu te touches sans ma permission, je te fouetterai la chatte jusqu'à ce que tu me supplies de te faire jouir.

Quelle espèce de barbare…

Je dégage mon menton, je ne me soucie plus de ma sécurité personnelle. Il a déjà énoncé ses revendications. Que pourrait-il se passer d'autre ? Il croit peut-être que je vais lui faciliter la tâche…

J'avance à grands pas vers le mur couvert de rayonnages parce que je réfléchis plus facilement en marchant.

– Il est hors de question que tu sois le seul à imposer ta loi. J'ai des conditions. Personne ne doit savoir. Ma famille. Mes salariés. Personne. Je ne veux pas que mon nom soit associé au tien.

Je ne m'arrête même pas pour réfléchir à ce que je suis en train de dire, parce que je suis trop en pétard pour retenir quoi que ce soit. Furieuse, je me retourne et je repars en sens inverse sans regarder Lachlan Mount, jusqu'à ce que j'aie terminé d'énumérer mes exigences.

– Nous décidons ensemble de l'heure et de l'endroit où nous nous rencontrons. Je ne veux plus de ce chauffeur. Pas question d'être embarquée et encagoulée. Je refuse. Tu ne me feras pas de marques. Tu ne me blesseras pas. Et tu ne me feras pas disparaître quand ça sera fini, parce que je te jure que ma famille, mes amis ne te laisseront pas t'en sortir indemne.

Je pivote sur mes talons aiguilles afin de voir si mon discours l'a mis en colère… et je me retrouve seule dans une pièce vide. Il est parti.

Ce bâtard est parti ? Comme ça. Sans un mot ? Quel connard ! Je serre si fort les dents que j'ai mal à la mâchoire. Dans ma colère, je me rue vers le papier déchiré sur le plancher et je le ramasse. En maintenant ensemble les deux morceaux, je lis les mots inscrits sous le titre en grosses lettres capitales.

Keira Kilgore ne cédera jamais les droits de son entreprise à *Lachlan Mount parce qu'elle est têtue, obstinée et beaucoup trop loyale vis-à-vis du concept de tradition familiale. Et qui plus est, il n'a nul besoin de posséder son établissement commercial, parce qu'il va la posséder, elle.*

Fichu menteur de merde.

Il ne m'a jamais laissé le moindre choix.

Ou alors, il me connaît assez pour savoir que ce n'était pas une option envisageable. Cette possibilité est encore plus flippante. Je contemple l'accord que j'ai passé avec le diable.

Quel choix avais-je ? Comment puis-je regarder mon père en face et lui dire que j'ai perdu l'entreprise que son père et le père de son père avant lui ont bâtie dans le sang, la sueur et les larmes ?

Mon corps en échange de ma fierté. Voilà l'accord que j'ai passé.

Je hais Lachlan Mount.

Même si son nom allume des boules de feu en moi, qui déclenchent une colère que je n'ai jamais ressentie jusqu'à aujourd'hui.

Je déteste la façon dont il me le fait sentir.

Je déteste que mon corps réagisse de cette façon au sien.

Alors que la cheminée pivote à nouveau et que La Balafre apparaît avec la cagoule, une voix intérieure me murmure une ultime vérité.

Je déteste le fait de vouloir qu'il me touche encore.

ONZE

MOUNT

Je n'ai nul besoin de voir la rage sur son visage quand elle lit le document légal bidon que j'avais préparé pour notre rendez-vous. C'est évident sur l'écran de mon bureau, vu la façon dont elle l'écrase entre ses poings.

Keira Kilgore est une proie facile. Pleine d'une juste indignation et d'un feu que je serai heureux de posséder. Cela m'amuse qu'elle ait cru pouvoir avoir des exigences. Des types pourtant couillus n'auraient sans doute pas osé. C'est pour cela qu'elle est fascinante. Singulière.

C'est tout ce qu'elle est.

Un divertissement. Un jouet avec lequel m'amuser un petit moment. Je veux qu'elle éprouve du désir. Je refuse qu'il en soit autrement. Même rebelle et hors d'elle, elle a parfaitement répondu, comme un instrument répond à un musicien. J'apprivoiserai ce feu. Je la plierai à ma volonté.

Mon sexe durcit pour ce qui me semble être la douzième fois ce soir, alors que je l'imagine se soumettre au moindre de mes ordres.

Ce cul.

Ces nichons.

Ce petit con étroit.

Ils n'appartiennent à personne ? Conneries.

Keira Kilgore est à moi.

DOUZE

KEIRA

La Balafre ne dit pas un mot lorsqu'il m'enfile la cagoule et me soulève de nouveau. En haut, en bas, en tournant, encore et encore.

Est-ce que c'est un escalier en colimaçon ?

Je sens l'air frais du dehors un moment seulement avant qu'il m'installe sur la banquette arrière de la voiture. Immédiatement, mes mains agrippent la cagoule, mais ses gros doigts s'en saisissent et les serrent violemment. C'est une indication assez claire, je ne suis pas censée l'enlever.

– Je dois la garder pendant tout le trajet de retour ? Vous plaisantez !

La seule réponse que j'obtiens est un grognement. Mes doigts me démangent d'arracher cette cagoule, mais si le fait de la garder me fait rentrer plus vite chez moi, je vais laisser cette damnée cagoule en place.

Il démarre, et les bruits assourdis de la rue pénètrent à peine dans la voiture de luxe. De nouveau, je perds la notion de la direction que nous prenons et je reste silencieuse en attendant que ce cauchemar se termine. Lorsque la voiture s'arrête enfin, je m'assieds sur mes mains, en attendant qu'il m'enlève la cagoule, mais il ne le fait pas.

– Quelqu'un va nous voir et penser que vous…

Grognement.

Je me tais et je le laisse me sortir de la voiture et me porter jusqu'à mon appartement. Sauf que quelque chose cloche. Des clés tintent, mais pas comme les miennes.

La Balafre me porte jusqu'en haut des escaliers et me repose pendant qu'il déverrouille la porte. Il me pousse légèrement vers l'intérieur et la porte se referme avant que j'aie eu le temps d'enlever ma cagoule. Je l'arrache d'un coup et je tourne sur moi-même, pendant que mon cerveau s'efforce d'assimiler quelque chose qui n'a aucun sens.

Ce n'est pas mon appartement.

Où diable suis-je donc ?

Mount. C'est lui qui a fait ça.

Il n'a jamais eu l'intention de me laisser partir.

– Où es-tu, espèce de salopard ?

Je cherche de tous côtés, je détaille les murs recouverts d'un très chic brocard noir et blanc, je cherche dans les coins un globe qui m'indiquerait la présence d'une caméra. Je n'en trouve pas, mais ça ne signifie pas pour autant qu'il n'y en a pas. Mount non plus n'est pas là.

C'est déjà ça.

À peine.

Tout le soulagement que j'avais ressenti en pensant rentrer « à la maison » disparaît au fur et à mesure que j'examine ma nouvelle cage. J'ai entendu les verrous. Je sais que je ne sortirai pas tant qu'il ne l'aura pas décidé. Mon corps tremble, et cela n'a rien à voir avec le fait que je sois nue sous mon manteau. Je cherche à me réchauffer en me frottant les bras pour tenter d'arrêter ce tremblement.

Ne pense pas à ça. Rassemble de l'information. Comporte-toi en général d'armée, pas en prisonnière.

Je ravale ma peur et je me concentre sur ce qui m'entoure. Il doit bien y avoir quelque chose qui va m'aider à découvrir où je me trouve ou m'aider à m'enfuir. Je me tourne en détaillant ce qui est sans doute le plus beau salon que j'ai jamais vu. L'expression « cage dorée » n'a jamais si bien porté son nom. Il n'y a que trois couleurs dans cette pièce. Noir, blanc et or. Il y a une porte noire laquée sur la droite et je me précipite dessus, espérant comme une idiote que ce puisse être une sortie. Pourtant, je sais que c'est impossible. C'est une chambre à coucher.

Pas la piaule de bordel à laquelle je m'attendais, mais une pièce sophistiquée et féminine. Là encore, il n'y a que trois couleurs, noir, blanc et or. Un lit à baldaquin noir trône au milieu de la pièce, il en occupe facilement le tiers, avec un dais en tissu blanc immaculé. Il s'harmonise parfaitement avec le brocard noir et blanc des murs du salon et les draps de satin noir, déjà ouverts comme si le service de nuit avait été fait.

Il n'a jamais prévu de me laisser partir. Jamais.

Tout ce truc dans la bibliothèque était exactement ce contre quoi Magnolia m'avait mise en garde. La capacité de Mount à me baiser le cerveau.

Je repousse ma peur. C'est une perte d'énergie inutile.

Une autre porte mène de la chambre à une luxueuse salle de bains, plus belle que toutes celles que j'ai pu connaître, à nouveau toute noire, blanche et or.

Mais c'est quoi ces couleurs ?

La salle de bains possède une autre porte qui conduit à un grand dressing, grand comme une chambre à coucher mais entièrement vide. J'ouvre les tiroirs pour vérifier, ils sont vides, eux aussi.

Est-ce qu'il a prévu de me garder ici toute nue ? Heureusement que j'ai mon fidèle trench-coat. Je pense à la robe que j'étais censée porter ce soir et, pour la première fois, je regrette de ne pas l'avoir fait. Je quitte le dressing pour inspecter le contenu des tiroirs de la salle de bains. Eux sont remplis de toutes sortes d'accessoires de toilette de luxe. Je retourne au salon et j'examine la porte d'entrée. Il y a deux verrous et aucune clé. Même si je sais que c'est inutile, puisque je les ai entendus se refermer, j'avance et j'essaie de tourner la poignée.

Ma colère remonte à nouveau.

– Espèce de connard ! Tu ne peux pas me garder ici comme un putain d'animal de compagnie !

Je donne de grands coups de pied dans la porte avec les délicats stilettos, mais je ne réussis qu'à faire une marque minuscule et à me faire mal à un orteil. Je boitille jusqu'au centre de la pièce en ouvrant grand les bras. Je sens, et ça me déprime totalement, qu'il est en train de m'espionner de quelque part.

– C'est ça que tu voulais ? Un petit toutou ? Si je ne me montre pas au bureau demain, tout le monde va s'inquiéter. Ils appelleront la police. Je me fiche de savoir combien de flics ripoux tu as à ta solde, il y en aura bien un que tu n'as pas corrompu. Ils vont me retrouver et tu vas payer pour ça. Tu voulais que j'éprouve du désir ? Et bien, va te faire foutre, Mount ! Cela ne faisait pas partie du deal !

J'ai envie de retourner à la porte et de taper dessus jusqu'à avoir les mains en sang et de hurler à m'en casser la voix, jusqu'à ce que quelqu'un me fasse sortir d'ici. Mais je ne le fais pas. Je refuse de lui donner la satisfaction de me voir craquer. Je suis plus forte que ça. Mount ne gagnera pas. Je maîtrise ma colère. D'une voix forte, claire, je lance à la cantonade :

– Tu peux posséder mon corps, mais c'est tout ce que tu obtiendras jamais de moi. Je te jure que je te haïrai, à chaque instant.

Après mon speech, mon cerveau se met en mode ralenti, épuisé par les événements de la semaine passée. Tout ce dont j'ai envie, c'est de me glisser entre ces draps et de m'endormir. Mais quelque chose me dit que ça serait comme si je le laissais gagner la partie, et ça, c'est hors de question, pas sans me battre. J'ai fait face au diable dans sa tanière et j'en suis ressortie indemne. C'est déjà quelque chose, pas vrai ? Une petite victoire.

Enfin, presque indemne. Mes tétons sont toujours durs et la chaleur entre mes cuisses me rappelle de façon trop évidente le feu qu'il a allumé en moi.

Mens-toi autant que tu veux, Keira. Mais dis-moi la vérité sur une chose. C'était quand la dernière fois que tu t'es fait baiser par un homme, un vrai ? Quelqu'un qui prenne l'ascendant sur toi et te donne ce que tu mourais d'envie de recevoir. Combien de fois as-tu dû te terminer seule après que ton mou de mari s'était retiré, juste pour pouvoir jouir, toi aussi ?

Il me baise le cerveau. C'est tout. Il ne peut pas savoir à quel point il a raison.

Tes orgasmes m'appartiennent. Si jamais tu te touches sans ma permission, je te fouetterai la chatte jusqu'à ce que tu me supplies de te faire jouir.

Avec le même esprit de provocation qui m'a entraînée dans le salon de tatouage au henné et ensuite, ce soir, juchée sur ces stilettos incroyablement chers, en présence de l'homme le plus craint de cette ville, je prends une décision. Je suis peut-être presque à court de munitions, mais je peux quand même avoir ma revanche. Je retourne dans la chambre à coucher, je dénoue la ceinture de mon trench-coat et je le laisse glisser par terre. Je fais demi-tour et je fixe les draps noirs. Noirs comme l'âme de l'homme qui m'a enfermée ici. Je m'assieds et j'enlève ces talons exquis, je les lance sans ménagement avant de me jeter en travers du lit et d'écarter mes cuisses.

– Cette chatte ne t'appartient pas encore, Mount.

Je glisse la main entre mes cuisses, en détestant m'apercevoir que je suis déjà humide, tout en étant soulagée, parce que ça ne sera pas long. Est-ce que je prends le risque de voir apparaître le diable pour mettre sa menace à exécution ?

Non. C'est du bluff.

Je vais prendre mon pied ce soir, ce sera comme si je lançais un « Va te faire foutre » à la figure de l'homme qui croit me posséder. Je vais même prendre bien soin d'utiliser mon majeur.

TREIZE

KEIRA

Je me réveille, mais pas à cause de la lumière du jour qui passe à travers les stores en plastique bon marché de ma chambre, mais parce qu'un cauchemar me tire brusquement des bras de Morphée. Mon cœur bat à toute vitesse lorsque je tends la main vers la lampe de chevet. Au lieu de ma table de nuit bancale achetée chez Ikea, mes doigts effleurent la fraîcheur d'une surface en marbre.

Eh merde !

Ce n'était pas un cauchemar.

Je finis par trouver l'interrupteur, et une lumière tamisée emplit la chambre noire, blanche et or. Il n'y a pas d'horloge. Je ne sais pas si c'est le jour ou la nuit, parce qu'il n'y a pas de fenêtres. Juste une porte fermée dont je n'ai pas la clé. Et pas le moindre vêtement à part mon trench-coat. C'est malin, Keira.

Franchement malin. En p)lus, je n'ai même pas mon sac. La Balafre a dû le laisser dans la voiture.

Je sors du lit en m'enveloppant dans le drap avant de me diriger vers la salle de bains. Je me regarde dans le miroir et je tressaille en voyant de quoi j'ai l'air. Mon rimmel a coulé et dessine de grands cernes noirs sous mes yeux, mes cheveux ressemblent à un nid de rat, vu la façon dont je me suis tournée et retournée en cauchemardant. Sauf que ce n'était pas un cauchemar. C'est ma nouvelle réalité. Je ne touche pas aux produits de luxe, je ne veux rien accepter qui vienne de Mount, hormis ma liberté. C'est tout ce que je désire, et je vais trouver un moyen de l'obtenir. Aujourd'hui. Quand je fais demi-tour, quelque chose attire mon regard. Une longue robe de chambre en soie noire accrochée à une patère, à côté des parois vitrées de la douche. Elle n'était pas là hier soir.

Quelqu'un est entré pendant que je dormais.

Ce constat me laisse stupéfaite.

C'est tellement limpide. Je me rue dans la chambre, puis dans le salon, et évidemment, il y a un couvert dressé recouvert d'un couvercle en argent sur une table, avec un mot.

Mange.

Prends une douche.

Prépare-toi en suivant les instructions sur ta table de nuit si tu veux quitter ces lieux aujourd'hui.

Ce gribouillage m'est familier et ne comporte pas de signature.

Quelles instructions ?

Je retourne à la chambre à coucher et je vérifie sur la table de nuit où se trouve la lampe que j'ai allumée. Il n'y a rien dessus.

Sur l'autre, en revanche, si. Il y a une boîte en laque noire. Comment est-ce que j'ai fait pour ne pas la voir, bon sang ?

Ma gorge se serre, je déglutis et je m'avance, presque aussi effrayée d'ouvrir le couvercle que la dernière fois. Mais le mot dit « si tu veux quitter les lieux aujourd'hui », et Dieu sait que je veux les quitter. Je l'ouvre et je jette un coup d'œil à l'intérieur. Il y a un objet noir et or… un sex-toy. On dirait un vibromasseur, mais il y a une boucle en or au bout et inutile d'être un génie pour comprendre pour quoi c'est fait. De toute façon, Mount est suffisamment minutieux pour me laisser un mot d'explication.

Ceci remplira ta chatte jusqu'à ce que je t'autorise à prendre ma queue.

Il m'autorise ?

Il m'autorise ?

Si je pouvais cracher du feu, je carboniserais tout le bâtiment. Je lis la suite.

Les vêtements que tu porteras pour aller travailler sont dans le dressing. Si tu n'es pas habillée comme je veux à neuf heures, prépare-toi à passer vingt-quatre heures de plus ici. J'enverrai des excuses de ta part à tes employés.

Un maelström d'émotions traverse mon esprit pendant que mes doigts se saisissent de l'objet, sans même que je m'en rende compte. J'ai une envie folle de le lancer contre le mur pour le mettre en pièces.

Comment ose-t-il ?

Mais une phrase m'arrête avant que je fasse montre de mes compétences de joueuse de base-ball.

« *Les vêtements que tu porteras pour aller travailler.* »

Ma poitrine se soulève violemment lorsque je m'assieds au bord du lit pour relire chaque mot du billet, six fois de suite. Je n'ai pas confiance en cet homme, mais s'il existe une chance pour qu'il me laisse sortir d'ici pour aller travailler, je dois lui obéir.

Et il sait que je le ferai.

– Espèce de bâtard de merde, dis-je en m'adressant au mur, avec le latex mou du sex-toy dans la main.

La voix grave, profonde de Mount me répond depuis la porte.

– Tu as raison. Je suis un bâtard. Je suis né dans la rue d'une putain qui m'a abandonné sur les marches d'une église. J'ai grandi dans ces mêmes rues et j'ai traversé un enfer que tu ne peux même pas imaginer dans ta douce petite vie bien confortable.

Je me retourne d'un bond pour lui faire face. Ma main ne tremble plus de rage, mais de peur. Il avance vers moi et les histoires que m'a racontées Magnolia tournent dans ma tête, tout comme ses mises en garde. Je tends le bras vers le sol pour lui cacher ma réaction.

– Tu penses que ce que j'attends de toi est avilissant ? me demande-t-il en avançant encore. Tu ne connais même pas la signification de ce mot, mais je serais ravi de t'en montrer le goût si c'est ce qui t'est nécessaire pour remplir ta part du marché que nous avons passé la nuit dernière. Contrairement à toi, moi, je tiens mes promesses.

À cet instant, je comprends qu'il est parfaitement capable de toutes les horreurs que j'ai entendues à son propos. Il peut me faire mal. Il peut me tuer. Me faire disparaître. Mais, pour une raison que je ne comprendrai sans doute jamais, il me veut.

Cela, et peut-être uniquement cela, me donne un levier. J'ai un choix à faire et je ne peux laisser la peur engourdir mon cerveau. Je peux continuer à me rebeller et à lui tenir tête et perdre la partie à tous les coups, ou me plier un minimum et lui laisser croire que je joue son jeu. Je suis peut-être têtue, mais pas stupide. Je redresse les épaules et je relève le menton, comme si la robe de chambre en satin noir était une robe de bal.

– Je n'étais pas au courant pour tes parents. Mon injure faisait uniquement référence à ta personnalité. Du moins ce que j'en ai découvert jusqu'à présent.

La suite est plus difficile à cracher, mais j'y parviens quand même.

– Je suis désolée si je t'ai offensé. C'était intempestif, vu le contexte.

Quelque chose change subtilement dans son expression. De la surprise ? De l'incrédulité ? Un choc ? Je ne sais pas, parce que ça disparaît aussi vite que c'est apparu, et il baisse les yeux sur sa montre.

– Tu as onze minutes pour te préparer si tu veux aller travailler aujourd'hui.

Son regard croise à nouveau le mien et un semblant de petit sourire arrogant tord le coin de sa bouche.

– Dépêche-toi, à moins que tu ne veuilles passer la journée encore plus nue qu'en ce moment.

À nouveau, les mots «*bâtard de merde*» me traversent l'esprit ; cette fois je me tais. Je me retourne et cours à la salle de bains en claquant la porte derrière moi, sans même penser, avant d'être en train de me brosser les dents, que claquer la porte au nez de Mount n'est peut-être pas la meilleure idée qui soit.

Pourtant, je me dépêche de me laver le visage et je cours au dressing pour y découvrir une tenue accrochée à l'intérieur. Une jupe droite noire et une blouse irisée d'or qui semble quasiment transparente. Un soutien-gorge doré est posé sur l'îlot central, à côté d'une rangée de perles blanches.

Noir, or et blanc.

Je n'ai pas le temps de me demander à nouveau la signification de ces couleurs, je m'habille à toute vitesse. Je ne suis pas surprise de voir que tout me va parfaitement bien. Les vêtements sont d'une qualité bien supérieure à tout ce que j'ai pu rêver de porter un jour, et mes employés vont sûrement se poser des questions.

Mais je vais sortir d'ici. Je vais aller travailler. Je me concentre là-dessus, parce que c'est la seule chose qui compte en ce moment. Puis je me rappelle que j'ai oublié l'objet noir et or sur le comptoir de la salle de bains. Je n'ai pas besoin d'instructions pour savoir où il doit aller ni pour comprendre la signification de l'absence de toute culotte. La porte de la salle de bains s'ouvre sans prévenir.

– Plus que trois minutes, Mademoiselle Kilgore.

Il fixe des yeux l'objet que j'étais justement en train d'observer. À nouveau, un coin de sa bouche se tord.

– Je vois que tu n'as pas terminé de te préparer.

Nos regards se croisent et je me redresse. Je hausse le menton avec fierté pendant que nous nous jaugeons en silence. Nous savons tous les deux que c'est moi qui vais perdre.

– À toi l'honneur, ou bien à moi ? demande-t-il.

Sa question envoie une onde de chaleur à travers mon corps, même si ça devrait provoquer le contraire. Je voudrais que ce regard sombre me transforme en glaçon, au lieu d'allumer en moi un incendie dévastateur.

– J'étais sur le point de terminer. Si tu veux bien m'excuser un moment.

Ma requête est trop polie et l'amuse visiblement, parce que les deux coins de sa bouche se tordent vers le haut. Au lieu de sortir, il appuie une de ses larges épaules contre le chambranle de la porte.

– Tu oublies qui donne les ordres ici. Soulève ta jupe, penche-toi en avant et enfonce-toi ce jouet, sinon je m'en charge moi-même.

Il s'arrête un instant, son sourire devient pervers.

– En fait, baise-toi avec. Si tu ne le fais pas immédiatement, la prochaine chose que ton con sentira, ce sera ma queue pendant que je te sauterai sur ce comptoir et que je t'observerai en train de jouir dans ce miroir.

Mon Dieu ! Je me couvre la bouche des deux mains pour stopper le halètement que je ravale. Les paroles salaces qui sortent de ses lèvres me pénètrent directement, je me mets à mouiller comme une folle au point que ça manque dégouliner le long de mes cuisses. J'attrape le jouet d'une main et je soulève aussi discrètement que possible ma jupe de l'autre, en gardant mon cul nu côté dressing, hors de sa vue.

Mais j'aurais dû m'en douter.

Il secoue la tête.

– Regarde le miroir. Penche-toi en avant.

La peur qui m'a saisie lorsqu'il m'a ordonné de me pencher en avant hier soir est absente ce matin, à la place, je ressens une rage folle. Mais quelque chose d'autre me brûle tout aussi fort. C'est comme s'il avait mis le doigt sur un désir dont j'ignorais l'existence. C'est comme si je voulais que quelqu'un me dise de me faire ces cochonneries. Je rejette cette pensée et j'obtempère en approchant le jouet de l'entrée de ma chatte.

– Je suis prêt à parier que tu n'as même pas besoin de lubrifiant.

Je ferme les yeux parce qu'il n'a pas tort. Le latex du jouet glisse en moi sans effort.

– Baise-toi avec.

Je pousse un soupir et je lui obéis, en poussant et en tirant le jouet, en me titillant les petites lèvres. Je l'enfonce plus profondément, je n'ai plus besoin que d'une minuscule stimulation de mon clito pour me faire grimper au rideau. Mon autre main s'avance, mais il me lance un ordre en grondant.

– Arrête.

Avec le jouet entièrement enfoncé en moi, je me tétanise. Qu'est-ce que je suis en train de faire, bon Dieu ? Je suis sur le point de m'envoyer en l'air devant un type que je déteste ? Je me relève tellement vite que je manque perdre l'équilibre et je baisse ma jupe. Quand je me tourne vers lui, je fais comme s'il ne s'était rien passé. Du moins jusqu'à ce qu'une de ses mains plonge dans sa poche et que le jouet se réveille et vibre en moi. Mes genoux fléchissent et je m'accroche maladroitement au bord du comptoir pour rester debout.

– Oh Mon Dieu, je murmure dans un souffle, en priant pour qu'il ne m'ait pas entendue.

Mais je n'ai pas cette chance.

Il s'avance vers moi en croisant mon regard.

– Ce n'est pas ce que tu as dit hier soir en prenant ton pied.

La punition qu'il m'avait promise me revient à l'esprit et il doit s'en rendre compte à l'expression de mon visage. Je suis sur le point d'avoir un orgasme… quand les vibrations stoppent.

– Je n'ai pas le temps de m'occuper de ton vilain petit con ni de tes doigts ce matin, mais tu ne perds rien pour attendre. Dans mon monde, personne ne transgresse mes règles. J'ai le sentiment que tu vas l'apprendre très vite.

J'agrippe le comptoir du bout des doigts pour me retenir de gifler le visage suffisant qu'il arbore. Au lieu de ça, je reste debout devant lui, en silence. Apparemment, Mount n'a ni envie ni besoin que je parle.

– Dégage, tant que je suis encore enclin à te laisser partir. À part pour aller aux toilettes, n'essaie même pas de l'enlever sans ma permission. Je te promets que tu n'apprécieras pas ta punition si tu le fais.

Je retiens ma respiration et je me dirige vers la porte de la chambre. Je contourne le lit, j'attrape mes talons aiguilles et mon trench-coat et je me dirige presque en courant vers la porte du salon qui est grande ouverte. Dehors, La Balafre m'attend. La cagoule à la main. Je déteste cette putain de cagoule. Mais, pour l'instant, je déteste encore plus Mount. J'arrache la cagoule des mains de la Balafre, je l'enfile moi-même et je le laisse emporter mon corps rigide hors de ma cage dorée.

QUATORZE

KEIRA

Dès que nous entrons dans le parking en face de la distillerie, La Balafre me grogne d'ôter la cagoule. Je lui demande d'attendre et je fouille dans mon sac à main, qui heureusement était toujours dans la voiture depuis la veille. Bizarrement, il accepte. Je sors mon nécessaire de maquillage de secours et je tente de donner à mon visage un semblant de normalité. Les stilettos que je porte depuis la nuit dernière sont les plus belles, les plus chères chaussures que j'aie jamais portées, et bordel, il est impossible que mon accoutrement passe inaperçu. La blouse moulante dorée épouse mes formes et entre dans la jupe droite qui, elle, souligne beaucoup trop mes hanches et mes fesses pour que je me sente à l'aise. Le rang de perles enserre ma gorge comme un collier de chien.

Je jure que je le tuerai si jamais il essaie de me mettre une laisse.

Je referme mon miroir de poche, ayant décidé que je ne peux pas faire mieux et que je suis bien trop énervée pour me maquiller davantage.

En plus, je suis un peu distraite par la version haute technologie des boules Ben Wa qui me remplissent, et le fait de savoir que Mount détient la commande à distance me fait mouiller au point de tremper l'intérieur de mes cuisses. Les deux parties en conflit de mon cerveau n'arrivent pas à concilier ce qui m'arrive.

Comment puis-je haïr un homme à ce point alors que mon corps aime ce qu'il lui fait ? C'est un mystère que je ne résoudrai pas dans ce parking. Je tends la main vers la poignée de la portière, mais La Balafre m'arrête d'un grognement en me tendant un papier.

Si tu dis quoi que ce soit à quiconque, tu assisteras à ses funérailles.

Je chiffonne le papier et je le jette entre les sièges avant.

– Dites-lui que son secret de taré est en sécurité. Pour aujourd'hui, du moins.

À peine ai-je terminé ma phrase et ouvert ma portière que le jouet se met à vibrer pendant quelques secondes. C'est comme un choc pour dresser un animal. J'avance par à-coups en cherchant à découvrir où il est. Il ne doit pas être loin, non. Son truc porte à quelle distance ? Connaissant Mount et le pouvoir qui est le sien, ça doit porter à des kilomètres.

Putain, je le hais.

Je m'efforce de sortir de la voiture, la tête haute et les épaules rejetées en arrière, et je traverse la rue comme s'il ne se passait rien de spécial. Certainement pas, en tout cas, comme si j'avais vendu mon corps et ma liberté pour sauver mon héritage familial. Je salue mes employés en leur souriant comme d'habitude et en espérant qu'ils ne remarqueront rien de différent chez moi. Ils ont déjà vu mon trench-coat londonien. C'est ce que je porte en dessous qui va les surprendre. Dès que j'entre dans mon bureau, Tempérance se rue hors du fauteuil dans lequel elle m'attendait, et mon cœur se met à battre très fort.

– Dieu merci ! J'étais sur le point d'envoyer une équipe de Police-Secours à ta recherche ! Tu n'as répondu à aucun de mes textos, ce matin. Le responsable des opérations des Voodoo Kings veut nous voir à l'heure du déjeuner pour discuter de la proposition que je lui ai faite. Il a spécifié qu'il voulait que tu sois là, parce qu'apparemment, il pense que je n'ai pas l'autorité nécessaire pour prendre des décisions. Ce qui n'est pas faux.

Mais c'est quand même un sale con.

Lorsque mon rythme cardiaque redescend à un niveau presque normal, je marmonne une excuse.

– Désolée, j'ai… eu un problème de voiture ce matin. J'ai dû appeler un Uber. Le premier n'est jamais arrivé, et j'ai dû oublier de remettre mes appels sur « on ». Je les avais coupés hier soir pour réfléchir un peu tranquillement.

Tempérance me dévisage, pas exactement comme si un alien était entré dans le bureau mais avec assez de curiosité pour que je me demande si je vais réussir à poursuivre mon baratin.

– C'est assez malin, finalement. Parfois, on a besoin d'un peu de temps au calme pour que notre cerveau montre sa pleine puissance. J'ai entendu dire que la méditation, c'est dingue. Évidemment, nous savons toutes les deux que je n'ai pas la patience pour ce genre de truc, mais je parie que ça marche vraiment pour le stress. Tu devrais peut-être télécharger une appli ou un truc du genre.

Le moment tranquille que j'ai passé hier soir, c'était pour me demander comment m'échapper d'une pièce fermée à clé et comment tuer un homme sans mettre tous ceux que j'aime en danger. Ce n'est pas tout à fait de cette méditation-là dont parle Tempérance.

– Ok, bon, je suis là à présent, alors fais-moi un brief sur ce que je dois savoir.

Je dénoue la ceinture de mon trench avant de l'accrocher à l'antique portemanteau.

– Putain. Tu es… magnifique.

Merde. Je savais que ça allait arriver.

J'essaie d'ignorer ce qu'elle vient de me dire.

– Je teste ces nouvelles boîtes d'abonnement. Voilà ce qu'ils m'ont envoyé. Je n'ai pas vraiment le temps ni l'envie de faire du shopping, n'est-ce pas ?

La facilité avec laquelle je continue à mentir devrait me surprendre, mais je me réconforte en pensant que c'est dans l'intérêt de Tempérance d'ignorer l'existence d'hommes tels que Mount.

– Eh bien, ça ressemble plutôt à un de ces trucs de défilés de mode. Il faudra que tu me dises où tu l'as dégoté, parce que tu es super-sexy avec. (Elle se pince les lèvres.) Désolée, tu es ma boss, je ne devrais pas te dire ça, n'est-ce pas ?

– C'est bon. J'essaie juste… autre chose.

– Eh bien, permets-moi de te dire que sur toi, c'est top. Tu vas rendre dingues ces types au déjeuner. Ils seront tellement occupés à te mater qu'ils vont probablement être d'accord avec tout ce qu'on va leur dire. Je vais m'occuper d'établir les contrats pour les leur faire signer.

Elle se rassied sur le fauteuil face à mon bureau et me donne tous les détails pour que je sois fin prête pour le rendez-vous, mais j'ai du mal à me concentrer à cause du truc qui est en moi.

Il ne va quand même pas le mettre en marche pendant que je suis au boulot, hein ?

Je me pose et me repose cette question pendant que Tempérance me fait la liste des points que nous devons aborder pendant la réunion, et je hoche la tête comme si j'acquiesçais à tout ce qu'elle dit, alors que je n'écoute pas un traître mot. Je n'ai qu'une chose à l'esprit, lui.

Magnolia m'avait prévenue qu'il allait me prendre la tête, et c'est ce qu'il fait, dans les grandes largeurs. Il faut que je me ressaisisse. Que je me recentre. Je dois me remettre au boulot et faire comme si je n'avais jamais entendu parler de lui.

– D'accord, donc, puisque nous n'avons même pas discuté de l'évolution du prix, vu le changement du menu, c'est ça qu'il faut mettre sur la table aujourd'hui. Je pense qu'il faut demander à Odile de préparer et de nous servir les deux options au déjeuner, comme ça, ils pourront goûter la différence. Leur décision se fera d'elle-même.

Je me mets finalement à participer à la conversation.

– Mais nous n'avons pas en stock ce qu'ils ont exigé.

Tempérance m'adresse un petit sourire ravi.

– J'ai demandé une faveur à notre fournisseur de viande, et ils nous l'apportent dans moins d'une heure.

Je me recule dans mon fauteuil. Celui où Mount s'est assis.

Arrête ça, Keira.

– Comment as-tu réussi à le convaincre ? Il ne supporte pas qu'on change les dates de livraison.

Tempérance lève les yeux au ciel.

– Et bien… j'ai dû accepter d'aller boire un verre avec lui demain soir, mais je prévois d'arriver avec un truc très contagieux. Du genre herpès, tu vois ?

Heureusement que je ne suis pas en train de siroter mon café du matin comme d'habitude, parce que j'en recracherais partout sur mon bureau.

– Arrête, tu veux rire.

– Non. Je me dis que, comme ça, il arrêtera de me harceler. Qui veut se choper ce genre de truc pour le restant de ses jours ? Beurkkk.

Tempérance se frotte le nez.

– Mais qu'est-ce qui va se passer si ma mère l'apprend ? Ils fréquentent la même église. Seigneur, je l'entends déjà me dire : « Je n'ai pas élevé une putain, Tempérance Jane. »

Elle sort cette dernière phrase avec un accent du bayou parfait. Je ne peux m'empêcher d'éclater de rire.

Ma mère non plus n'a pas élevé une pute, pourtant, c'est exactement ce que je suis à présent, je pense, alors que les muscles internes se contractent autour du jouet. Comment est-ce que je peux le haïr à ce point et le laisser m'exciter à ce point ? Peut-être est-ce parce que mon mari ne m'avait pas touchée depuis des semaines avant sa mort. J'ai pu souffrir et haïr en même temps, alors pourquoi ne pourrais-je pas désirer et haïr en même temps ?

– Donc, à présent, le seul problème qui reste, c'est de persuader Odile, dit Tempérance avec un sourire charmant.

– Et tu veux que je m'en charge.

Ce n'est pas une question. Je connais déjà la réponse.

– C'est toi le patron, patron.

Tempérance ramasse ses feuilles et se lève.

– Elle passe son temps à te dire d'agir en P.-D.G., alors je pense que c'est le moment parfait d'accéder à ses désirs.

J'ouvre la bouche pour lui répondre, mais un violent bourdonnement me terrasse un instant. J'en ai le souffle coupé, j'expire en sifflant, ce qui nous surprend, l'une comme l'autre. Tempérance serre les documents contre sa poitrine.

– Si c'est un tel problème, je…

Je m'efforce de lui sourire et serre les cuisses.

– Bien sûr que non. Je vais… ça va aller, je m'occupe d'Odile. Tu mets au point les drafts de présentation et tu fais en sorte que ça ait l'air le plus onéreux possible.

– C'est comme si c'était fait, patron. J'ai entendu dire que leur DG était fan de *Seven Sinners*, surtout du Spirit of Saint Louis, alors ne sois pas surprise si on te demande d'en mettre une caisse de six de côté pour lui lors de la soirée.

Tempérance fait référence à notre whiskey réserve, le plus exclusif, qu'on ne peut même plus se procurer sauf au verre, dans notre restaurant. J'avais pris un vrai risque en en envoyant une bouteille en cadeau à tous les gros bonnets de la ville. Je l'avais décidé alors que j'étais minée par le chagrin et le désespoir devant notre situation financière désastreuse, après que Brett avait vidé nos comptes.

Ce geste était très dispendieux et ne m'a encore pratiquement rien rapporté. Mais peut-être était-ce le destin. Tout arrive pour une bonne raison, n'est-ce pas ?

Comme ce vibromasseur entre mes cuisses qui est contrôlé par l'homme le plus dangereux que j'ai jamais rencontré ?

Soudain, ma forte croyance en un destin préétabli et tout ce qui en découle sont remis en question.

Tout le monde entre dans votre vie pour une bonne raison… ou du moins, c'est ce que j'ai toujours cru. Mais je n'arrive pas à trouver une raison pour Mount. Personne ne le peut.

Tempérance s'arrête devant la porte.

– Je te laisse réfléchir à la façon dont tu vas t'y prendre avec Odile. Je suis dans mon bureau en train de faire des photocopies et relier les dossiers de présentation, si tu as besoin de moi.

Je m'arrange pour lui répondre par un hochement de tête. Tempérance sort déjà de mon bureau en réfléchissant à la tâche suivante qui l'attend. J'étais comme elle il y a à peine une semaine. Merde, j'étais comme elle depuis le jour où j'ai repris les rênes en tant de P.-D.G. À fond dans le boulot. Il s'est avéré que ça m'a sauvée, c'était la seule façon pour moi de digérer la trahison et les retombées de la mort de Brett.

La haine.

La colère.

La rage.

N'est-il pas triste de penser que ces derniers mois, ces sentiments ont pris plus de place dans mon cœur que quoi que ce soit de positif ?

Qu'est-ce qui m'arrive ?

Un véritable escroc addict à la drogue, ce qui coûte très cher, et avec une maîtresse.

Un homme qui pense que les règles ne sont pas faites pour lui.

Alors que mes cuisses se serrent à nouveau involontairement, je me fais une promesse.

Il ne me brisera pas.

QUINZE

KEIRA

Je suis à table, assise en face du directeur général adjoint des Voodoo Kings, du directeur des relations extérieures et du responsable de l'événementiel de l'équipe de football, lorsque Carie, une de mes serveuses, apporte une première tournée de whiskey. Si quelqu'un pense que j'hésiterais à saouler ces hommes, il se trompe. Ils ont le pouvoir de signer le contrat qui me permettra de sortir ma boîte de la mouise, cela signifie que je n'ai pas d'autre choix que de leur faire signer ce fichu contrat. Est-ce que j'en suis fière ? Pas particulièrement.

Est-ce que je veux quand même y parvenir ? Absolument. Est-ce que je remercie Dieu qu'il n'y ait pas une femme assise en face de moi à cette table, qui serait sans doute capable de découvrir mon stratagème ? Tout à fait.

– Messieurs, commençons cette réunion comme il se doit, avec un bon whiskey, fabriqué dans notre ville natale dans la plus pure tradition irlandaise de ma famille.

J'attrape un verre et je le lève au-dessus du centre de la table. Ils attrapent tous le leur. Aucun d'eux ne semble remarquer que Tempérance s'abstient. Alors que je biberonne le whiskey comme du petit-lait depuis que je suis en âge de le faire, elle n'en boit pratiquement jamais.

Chacun des hommes lève son verre et nous trinquons ensemble.

– *Sláinte*[8], dis-je au moment où une vibration éclate entre mes cuisses.

Je manque laisser tomber mon verre. Les hommes vident leur whiskey sans remarquer que je dois lutter pour lever mon verre jusqu'à mes lèvres, à cause des vagues de plaisir qui me parcourent à vitesse grand V. Je vide mon verre, j'en ai besoin plus que jamais. Je remue sur ma chaise en espérant que ça va s'arrêter aussi vite que la dernière fois. Le directeur adjoint se penche en avant, les yeux rivés sur mon décolleté.

– Alors, Keira, j'ai entendu dire que vous avez fait un excellent boulot à la distillerie depuis que vous avez pris la suite de votre père.

Je suis trop distraite par les vibrations entre mes cuisses pour savoir s'il me complimente ou s'il se moque de moi.

8. Expression traditionnellement employée en Écosse et en Irlande pour porter un toast.

– Ces derniers mois ont été un peu mouvementés, mais comme mes ancêtres, je persévère.

Je n'ai pas la moindre idée d'où me vient cette réponse et je me force à esquisser un sourire pendant qu'un orgasme se prépare en moi.

– La ténacité et l'habitude qu'ont les Irlandais d'avancer main dans… la main.

J'ai un mal de chien à terminer ma phrase. Je suis en sérieux danger de jouir, quand les vibrations s'arrêtent tout à coup. Je ne sais pas si je veux tuer l'homme à la télécommande ou si je veux l'embrasser pour ne pas m'avoir mise dans l'embarras en public.

L'embrasser ? Tu es complètement dingue, Keira ?

Le plaisir s'estompe aussi vite qu'il était apparu.

Jamais. Je serai comme cette sacrée Julia Roberts avant qu'elle tombe bêtement amoureuse de Richard Gere dans *Pretty Woman*. Pas de baiser sur la bouche. Jamais. J'en fais une règle.

– Tenace, en effet. Cela doit aller de pair avec vos cheveux de feu. Avez-vous le tempérament correspondant ?

À nouveau, les yeux du directeur adjoint sont rivés sur mon décolleté, et je ne peux m'empêcher de baisser les yeux.

Oh. Merde.

Mes tétons, dans le soutien-gorge de luxe choisi par Mount sont en position grands phares. Ils n'ont visiblement pas compris que l'orgasme ne viendrait pas tout de suite. Je repose mon verre sur la table plus fort qu'il n'est nécessaire, et le bruit du verre sur le métal lui fait lever les yeux sur mon visage.

– Je n'ai aucun tempérament. C'est un mythe à propos des rouquines.

Je souris en lui mentant, je deviens trop forte à ce jeu-là ces derniers temps.

– À présent, discutons de l'incroyable programme que nous vous avons concocté.

Dieu merci, Tempérance saisit la balle au bond.

– Comme vous l'aviez demandé, et ainsi que nous en avions rapidement discuté, nous avons trouvé la solution parfaite aux problèmes des relations extérieures avec notre service de voiturier...

– Je continue à penser que ces types vont devenir dingues lorsque vous ne leur rendrez pas leurs clés en fin de soirée, l'interrompt le directeur des relations extérieures.

Le responsable de l'événementiel lui jette un coup d'œil.

– Vous avez à gérer les conneries que ces trous du cul trimballent avec eux, et je suis d'accord avec vous.

Les trois hommes regardent l'autre côté de la table, leurs regards passent de Tempérance à moi. Elle reprend le flambeau.

– Nous leur présenterons la chose comme un service de limousines supplémentaire. Ils peuvent s'amuser autant qu'ils veulent. Exagérer et ensuite être raccompagnés chez eux, sans le moindre souci.

Le directeur général souffle.

– Peut-être que si vous mettez une pute dans chaque voiture, vous en tenterez certains.

Le vibromasseur se remet en route, mais uniquement pour quelques instants cette fois-ci. Assez longtemps pour que mes tétons n'aient plus la moindre chance de disparaître sous ma blouse. J'attrape le bord de la table, et des mots que je ne pensais jamais dire sortent tout seuls :

– S'il ne s'agit que de ça…

Les trois hommes me regardent fixement. Un sourire narquois apparaît sur les lèvres du directeur adjoint, et le jouet s'anime à nouveau.

Je vais tuer Mount.

– Vous êtes une rouquine culottée. J'aime ça. Bien entendu, l'équipe ne peut pas fermer les yeux ni payer pour cela, mais ce serait une idée du tonnerre.

Les vibrations ne s'arrêtent toujours pas, ce qui signifie que je dois faire face.

– Je plaisantais, Messieurs. Bien sûr, nous ne ferons jamais ce genre de chose. Nous sommes peut-être une entreprise pécheresse, mais pas ce genre de péché[9].

Carlie choisit ce moment parfait pour servir les entrées, alors qu'une autre serveuse, Dela, nous apporte une seconde tournée de whiskey.

Je ne sais absolument pas comment je fais pour parler, ma voix monte d'une octave et je prétends que c'est parce que je suis excitée par la nourriture.

– Oh parfait ! Merci, Mesdemoiselles.

Tempérance me regarde bizarrement, elle a dû remarquer ma main agrippée à ma jupe, parce que je lutte contre les vagues de désir qui m'envahissent.

---

9. Jeu de mot intraduisible. L'entreprise s'appelle *Seven Sinners*, ce qui veut dire « Sept Pécheurs ».

Je vais le tuer, je pense à nouveau.

Tempérance fait la conversation. Elle explique ce qu'il y a dans les entrées et qu'elles correspondent au budget initial. Je ferme les yeux pendant que les hommes engloutissent la nourriture. Mon assistante se penche et me murmure à l'oreille :

– Est-ce que ça va ? Sérieux, tu es bizarre.

– C'est la migraine. Elle vient de démarrer. J'essaie de la contrôler.

Son visage exprime sa sympathie.

– Tu dois sortir ?

Oui, ai-je envie de crier, mais le vibromasseur s'arrête.

– Non, ça va. Ce n'est pas un problème.

Aucun des hommes ne remarque quoi que ce soit d'autre que la nourriture extraordinaire et le whiskey encore meilleur que nous leur servons pendant l'heure qui suit.

Lorsque nous avons terminé, le contrat signé est posé sur la table, incluant les suppléments pour le service de limousines et les ajouts au menu.

Je me lève de table, ils me suivent.

– Messieurs, ça va être un événement fabuleux. Vous ne regretterez pas votre choix, et avec un open bar qui servira non seulement notre incroyable whiskey mais également toutes les autres marques d'alcool haut de gamme, votre collecte de fonds va être un énorme succès.

– Je suis totalement d'accord.

Le directeur adjoint s'avance pour me serrer la main, et à nouveau, son regard s'arrête sur mon décolleté. Au moment où nos mains se croisent, le vibromasseur se remet en marche. Je lui serre la main et la relâche très vite. Je reçois la même vibration à chaque poignée de main.

Oh, espèce d'enfoiré. Où es-tu ? Cette question me brûle les lèvres, mais je continue à afficher mon sourire « pro » pendant que Tempérance les raccompagne à l'ascenseur.

– Je dois parler à Odile, je descends dans quelques minutes. Je vous souhaite un excellent après-midi, Messieurs.

Dès que les portes métalliques se sont refermées, je pivote sur mes stilettos et je balaie la salle de restaurant du regard. Il y a une petite foule de clients, mais l'homme en haut de ma liste des gens à trucider est absent. Aurait-il confié la télécommande à l'un de ses employés ? Cette idée me révulse et engendre une autre pensée répugnante. Ne suis-je qu'un jouet qu'on se repasse de main en main ? Est-ce qu'il veut vraiment faire de moi une pute ? Je scanne les lieux et certaines personnes me répondent par un sourire poli, mais personne ne se détache comme une balise rouge qui dirait « je travaille pour Lachlan Mount et je te pourris la vie ».

J'attends que l'ascenseur remonte, je n'ai plus qu'une envie, c'est de me retrouver dans mon sous-sol, là où je peux…

Quoi ? Qu'est-ce que je peux faire ? Je n'ai aucun pouvoir.

« *Ne le laisse pas te piétiner.* » C'était le conseil de Magnolia. Ne pas le laisser me piétiner signifierait entrer dans les toilettes pour dames, m'enlever ce truc et immédiatement le jeter aux ordures.

«*Ne t'avise pas de l'enlever sans mon accord. Je te promets que tu n'apprécieras pas ta punition si tu le fais.*» L'avertissement de Mount est gravé en lettres de feu dans mon cerveau.

Je ne veux même pas imaginer le genre de punition ! qu'il me ferait subir. Mais là encore, je ne peux pas le laisser mener la barque. C'est une chose qu'il me déstabilise quand je suis sur son territoire, c'en est une totalement différente quand j'essaie de faire des affaires. C'était une de mes conditions, dont il n'a clairement pas tenu compte puisqu'il a disparu.

Qu'ils aillent se faire foutre, lui et ses punitions ! Vas-y, Mount, je t'attends.

Je tourne pour me rendre aux toilettes des dames lorsqu'une nouvelle vibration se déclenche contre ma cuisse. Cette fois, ce n'est pas le sex-toy, c'est mon téléphone. En poussant un profond soupir, je sors mon téléphone de la poche de ma jupe droite en m'attendant à voir s'afficher le nom de Mount. Mais non, heureusement, c'est le visage souriant de ma mère qui m'aide à me ressaisir et à me rappeler pourquoi je fais tout ça. Je lui réponds avec le premier sourire véritable que j'ai depuis des jours, en reculant jusqu'à l'alcôve qui mène aux toilettes des invités.

– Salut, maman, comment ça va ? Et papa ?

– Oui, nous allons bien. Très bien, même. Mon jeu de golf s'est énormément amélioré, mais ce n'est pas important. Je t'appelle pour savoir comment tu tiens le coup.

Le fait qu'elle mentionne le golf me rappelle la photo qu'on m'a fait parvenir comme avertissement.

– Je vais bien. Tout va bien.

J'espère que mon ton est convaincant, mais lorsqu'elle me répond, je me rends compte que ce n'est pas le cas.

– Ma puce... Tu as contacté ce psy ? Je pense vraiment que tu devrais parler de tout cela à quelqu'un. Refouler ces sentiments contradictoires à propos de la mort de Brett n'est pas la solution. Tu dois en parler. Exprimer ta colère.

Je pense à toute la colère que j'ai ressentie lorsque Mount est apparu dans mon bureau.

Maman poursuit.

– Et ton chagrin aussi. Même si tu allais divorcer, ce qui est aussi une forme de mort.

– Je vais bien, maman. Vraiment. Si cela peut te faire plaisir, je m'inscrirai à un cours de kickboxing pour exprimer ma colère.

En disant cela, je me rends compte que je n'ai plus le pouvoir de décider de ce genre de choses. Je vais être ramassée et réexpédiée dans ma cellule à la fin de la journée.

– Ma chérie, ce n'est pas la même chose. Demander de l'aide ne fera pas de toi une faible.

Si seulement elle savait à quel point j'ai besoin d'aide en ce moment... Mais elle ne pourra jamais savoir.

– Écoute, nous savons pertinemment que cette conversation va se conclure lorsque je vais te dire que, pour moi, la meilleure thérapie est de me noyer dans le travail et de réparer tout ce que Brett a détruit avant qu'il… décède.

Je cafouille sur le dernier mot, parce qu'il m'est encore difficile d'en parler. J'étais tellement en colère, mais j'ai cru pendant un temps que je l'aimais et penser à la façon horrible dont il est mort… Je ne souhaiterais ça à personne.

Un long soupir douloureux que, je le sais, toutes les mères du monde ont perfectionné, s'entend dans mon téléphone.

– Dieu sait que je ne suis pas d'accord avec toi, mais ton père dirait la même chose.

– Comment va-t-il ?

Une des principales raisons pour lesquelles mon père a finalement lâché l'entreprise, c'est que son médecin l'a prévenu qu'il était le type parfait qui allait prendre sa retraite à soixante-cinq ans et mourir à soixante-six parce qu'il s'était surmené pendant des années. Ma mère a voulu empêcher cela, elle l'a donc forcé à prendre sa retraite. J'aime à croire qu'il l'aurait décidé tout seul, mais connaissant mon père, c'est très peu probable.

– Il va bien. Le plus grand stress qu'il a à affronter à présent, c'est son handicap au golf. Ses analyses sanguines sont les meilleures depuis des années.

Le soulagement est perceptible dans la voix de ma mère.

– Et sans doute s'il reçoit ou pas mon chèque tous les mois, ne puis-je m'empêcher d'ajouter.

– Arrête, Keira. Il sait que tu es plus passionnée par cette distillerie que tes sœurs et que tu mourrais avant de la laisser fermer. Il croit en toi, même s'il ne te le dit pas assez souvent. Nous sommes tous les deux très fiers de toi.

Elle ne réalise pas à quel point j'ai besoin d'entendre ça en ce moment. Mais est-ce que mes parents seraient si fiers d'apprendre que je me suis prostituée pour sauver cet héritage ?

La honte s'insinue dans mon esprit. Je n'ai pas le choix. Mais cela ne signifie pas que je doive apprécier.

– Merci, maman. Je vous aime tous les deux. Je suis contente que papa apprenne enfin à lever le pied.

– Oh ma chérie, je n'ai pas dit ça. Il est déjà président de la copropriété et essaie d'instaurer des règles à propos des caddies du golf. Il est incapable d'être autre chose que ce qu'il est, un P.-D.G. Mais c'est pour ça que je l'aime. J'aime son énergie. Sa flamme. Ça m'a séduite dès le premier jour. Cela ne fait aucun doute.

Je sais qu'elle va se lancer dans le récit de leur première rencontre pour la six centième fois, du coup je l'arrête.

– Je le sais, et j'espère que ça m'arrivera un jour.

Ma mère marque son approbation.

– Tu n'as pas idée du plaisir que ça me ferait. Je ne désire rien de plus que de te voir avancer dans ta vie et trouver quelqu'un qui t'aimera comme tu le mérites. C'est ce que je veux pour toutes mes filles. Quelqu'un qui vous traite comme des reines.

Lachlan Mount a beau être le roi des bas-fonds de La Nouvelle-Orléans, il ne me traitera jamais comme une reine pour autant. Il ne faut pas y compter, même pas en rêve, alors pourquoi diable est-ce que je pense à ça ? Il arrive parfois que ses paroles d'encouragement déclenchent chez moi une folie passagère.

– Maman, j'ai une réunion qui va bientôt commencer, je dois te quitter. Mais je t'aime, et c'est si bon de t'entendre. Vous me manquez tous les deux, lui dis-je.

– Tu sais que je prendrai le premier vol si tu as besoin de moi, ma chérie. Et je dégusterai un véritable beignet par la même occasion.

La pensée d'avoir ma mère dans la même ville que Lachlan Mount est pour moi un véritable cauchemar, pire encore que ma vie actuelle. Je ne pourrais jamais le lui expliquer ni même lui mentir pour le cacher.

– Nous sommes très occupés en ce moment avec ce gros événement qui arrive, et tu sais que si tu viens, papa voudra venir lui aussi. Et nous savons toutes les deux qu'il replongerait immédiatement en stressant pour le moindre détail, et ni toi ni moi ne voulons cela.

Ma mère soupire.

– Et il te marcherait sur les pieds. Je sais. Je sais. Mais bientôt, il faudra que tu viennes nous rendre visite quand tu pourras t'échapper quelques jours.

S'échapper prend un sens très différent à présent que j'ai passé une nuit en captivité.

– Je le ferai. Je te promets. Le plus tôt possible.

Et j'ajoute silencieusement pour moi… ou aussitôt que j'aurai trouvé un demi-million de dollars, parce que cela résoudrait tous mes problèmes.

– Ok, ma chérie. On se reparle bientôt.

J'ajoute, sachant parfaitement qu'elle va appeler toutes ses filles les unes après les autres :

– Dis bonjour à Imogène et Jury.

– Absolument. Un de ces jours, je vous aurai à nouveau toutes réunies pour un heureux événement. Ça va arriver. L'une d'entre vous va bien finir par se marier et avoir des bébés.

– Au revoir, maman.

Je raccroche, je déteste lui mentir. Mes sœurs et moi avons fort peu de choses en commun et je ne les ai pas revues depuis les funérailles de Brett. En réalité, ça m'avait interloquée de les voir arriver toutes les deux. Imogène s'est plongée à corps perdu dans son mémoire de thèse, décidée à obtenir un poste de post-doc fantastique qui lancerait sa formidable carrière. C'est elle la surdouée de la famille, elle a été vraiment très compatissante aux obsèques, c'est une des rares fois où je l'ai vue avoir de véritables émotions depuis des années. Elle ne réagit pas comme une enfant typique du milieu. Elle n'extériorise pas. Elle garde toutes ses émotions rentrées. Et puis il y a Jury, qui court après la terre entière, qui remue ses fesses pour gagner du fric. Elle s'est comportée en vraie salope aux obsèques. Je crois que ses paroles exactes furent : « Je n'aurais pas rêvé mieux comme fin pour ce bâtard. »

Je lui ai flanqué une gifle et je suis partie, pendant qu'Imogène lui hurlait d'avoir un minimum de respect, pour une fois dans sa vie. Mais Jury n'a pas montré le moindre remords. Les maris volages ne trouvent visiblement pas grâce à ses yeux, du coup j'en suis venue à me demander qui a bien pu la tromper par le passé, mais nous n'avons pas ce genre de relation. J'en sais aussi peu sur la vie de mes sœurs qu'elles en savent sur la mienne, et pour une fois, ça m'arrange. Je ne veux pas qu'elles en approchent le moins du monde. Je range mon téléphone et me dirige vers l'ascenseur. Mais voilà que le jouet se réveille à nouveau. Je trépigne devant les portes en acier comme une petite fille sur le point de faire pipi dans sa culotte et j'appuie frénétiquement sur le bouton. Avec un regard éperdu vers le ciel, je m'efforce de penser à autre chose qu'au bourdonnement entre mes cuisses.

Arrête. S'il te plaît, arrête !

Une fois entrée dans l'ascenseur, je fixe les boutons qui s'allument les uns après les autres, jusqu'à celui du sous-sol, en espérant désespérément arriver dans mon bureau avant d'exploser en plein vol.

Je vais avoir un orgasme.

Il n'y a plus aucun doute, c'est évident.

J'ouvre la porte d'un coup d'épaule et je me rue à l'intérieur. Je vais gémir de soulagement lorsque le jouet s'arrêtera.

Ma lampe de bureau est allumée et comme l'autre fois, Mount est avachi dans mon fauteuil de bureau comme un roi sur son trône.

– Espèce de salopard ! Où étais-tu ? Au restaurant ? En train de surveiller ma réunion ? À essayer de la faire foirer ? Tu veux que je merde ? C'est ça, ce que tu veux ? Parce que je ne vais pas merder. Tu peux essayer de me rendre dingue si tu veux, mais je ne te laisserai pas foutre en l'air mon entreprise, en plus.

Il se penche en avant en posant ses avant-bras sur mon bureau. Ses boutons de manchette noirs et diamants scintillent dans la lumière de la lampe.

– Ferme la porte.

Immédiatement, ma poitrine qui se soulevait sous l'effet de l'indignation se serre. Je lance fièrement,

– C'est mon bureau. Ici, ce n'est pas toi qui vas contrôler les choses.

Ma voix ne tremble pas. Mount étend ses mains et appuie ses paumes sur mon bureau, tout en se levant à moitié.

– Tu ne comprends toujours pas, dit-il sur un ton amusé avant de devenir cassant. Ne me fais pas répéter, Keira.

Je reste immobile, il se lève, tout raide.

– Ferme cette putain de porte !

L'ordre est lancé sur un ton si calme que je n'ai pas d'autre solution que d'obéir devant la menace. Je recule sans regarder derrière moi et je claque la porte. Dans la lumière tamisée, son expression est indéchiffrable, mais je me doute qu'elle n'augure rien de bon pour moi.

– Je t'ai regardée. Je les ai regardés te regarder.

– Comment ? Tu n'étais pas là.

Il ne me répond pas.

– Ils voulaient te baiser. Tu l'as senti ?

Je me souviens de la manière dont les hommes fixaient mes seins et mes tétons qui pointaient de façon très embarrassante.

– Uniquement à cause de ce que tu m'as forcée à porter.

Il contourne mon bureau.

– Faux. Tu ne vois rien. Tu ne te rends absolument pas compte de ce que pensent les hommes quand ils te voient. Sauf aujourd'hui. Aujourd'hui, tu l'as senti.

Je ne sais pas quoi répondre, mais Mount n'a pas besoin que je parle pour continuer.

– Mais aucun d'entre eux ne peut te posséder, parce que tu m'appartiens. Avance.

Comme je ne bouge pas, il glisse une main dans sa poche et le bourdonnement reprend, cette fois de façon beaucoup plus intense. Je serre les poings et je retiens un gémissement lorsque le plaisir m'envahit. Toute la matinée, il m'a excitée jusqu'à la limite de la jouissance, du coup je réagis presque du tac au tac.

– Tu n'as pas intérêt à jouir, putain, m'ordonne-t-il en grondant.

– Je ne peux pas m'en empêcher.

Ça vient. J'y suis presque, je serre les cuisses et j'attends l'extase qui va me submerger.

Et ça s'arrête.

– Espèce de salaud !

En deux enjambées, il parcourt la distance qui nous sépare et m'attrape par la hanche.

– Tu ne dois pas jouir avant moi, bordel, tu m'es déjà redevable. Combien de dettes supplémentaires veux-tu accumuler ?

Je me dis que mon léger étourdissement est dû au fait que je suis sur le point d'hyper-ventiler, pas à cause de lui. J'ai du mal à lui répondre.

– Je ne veux avoir aucune dette supplémentaire envers toi.

– Trop tard. À présent, il va falloir que je décide comment tu vas me faire éjaculer. Avec les mains, la bouche, les seins, la chatte ou le cul.

Je tente de cacher le mouvement de tension involontaire de mes cuisses, mais il s'en aperçoit. Il ne rate jamais rien. Les narines de Mount tressaillent et son regard me brûle.

– Je pourrais te faire jouir en moins d'une minute. Une caresse à ton clito, un coup de vibromasseur, et tu vas gémir mon nom. Tes orgasmes m'appartiennent. C'est moi qui décide quand tu jouis. Pas toi. Apprends-le. Vis-le. Parce que, putain, tu aimeras ça quand j'en aurai fini avec toi.

– Jamais.

J'articule ces deux syllabes en réalisant que ma nouvelle stratégie s'est muée en volonté de tenir bon ou de mourir. Et avec Mount, mourir pourrait fort bien être une vraie possibilité.

D'un mouvement rapide, il me pousse contre la porte, une main toujours refermée sur ma hanche et l'autre qui relève ma jupe. Je m'attends à ce qu'elle aille directement à ma chatte, mais il se contente de remonter un doigt le long de l'intérieur de mes cuisses.

– Tu mouilles à cause de moi.

Son doigt passe dans la boucle du jouet et tire dessus. Ce mouvement inattendu me tire un gémissement guttural. Il le retire à moitié et le renfonce, en me baisant lentement, encore et encore.

Il essaie de me tuer en me maintenant à la limite de l'extase. Je me mords la lèvre et je ferme les yeux.

– Ne sois pas lâche. Ouvre les yeux, putain.

Je croise son regard noir. Il est triomphant.

– Il suffit que tu me demandes.

C'est comme le diable qui vous offre ce que vous désirez le plus contre un prix infime, infime, celui de votre âme.

– Va. Te. Faire. Foutre.

Mes mots sont impuissants, parce que mon corps chancelle, il est sur le point d'exploser.

– Non, Keira. C'est toi qui es en train de te faire foutre. C'est moi seul qui te baise.

Son pouce effleure mon clito. C'en est fait de moi.

L'orgasme déferle en moi comme un ouragan.

Incontrôlable. Sauvage. Indompté.

Je tente d'étouffer mon gémissement, mais c'est impossible. Je jouis en fixant les yeux noirs et sans âme d'un homme que je hais, mais qui joue avec mon corps comme s'il en possédait un mode d'emploi dont j'ignore l'existence.

Il presse plus fort mon clito, et je chevauche la tempête. Je n'y peux rien. C'est trop bon pour en laisser une seule miette.

Quand il retire le jouet, je ne suis pas prête. Ma bouche s'ouvre en grand. Une idée jaillit à mon esprit, mais je suis encore trop partie pour parvenir à l'exprimer.

Renfonce-le. Je veux que tu le renfonces.

Il tient le vibromasseur noir et or, luisant de mon fluide, entre nous et je suis bien obligée de regarder ma honte en face. Comment puis-je le laisser me faire subir ça ?

– Tu devrais être en train d'avaler ma queue en ce moment. Mais il va falloir mériter ce privilège.

Ses paroles me rendent folle de rage. Le mériter ? Je ne lui ferai pas ce plaisir.

Mount attrape ma main et la referme sur l'objet glissant.

– Tu as intérêt à le porter lorsqu'on te livrera à moi.

Il recule, et je m'éloigne de la porte en titubant. Il appuie sur la poignée, le bois grince et Mount disparaît en me laissant seule, un sex-toy à la main, sans réaliser ce qui vient de m'arriver.

Je crois que je pourrais légitimement le tuer de mes propres mains. Mais j'ai également envie de lui, comme je n'ai jamais eu envie d'aucun homme dans ma vie.

C'est viscéral. Primal. Incontrôlable.

Magnolia m'avait prévenue, mais je n'avais pas complètement saisi cette mise en garde. Ou alors, je ne réalisais pas à quel point j'avais besoin de ce qu'il m'offre.

Toute cette situation est merdique. Je veux me battre contre lui jusqu'à mon dernier souffle, mais en même temps, j'ai envie d'enfoncer mes ongles dans son dos pendant qu'il me défonce, jusqu'à ce que je hurle d'extase.

Ma main se serre autour du jouet et je me mets à trembler à l'idée de le remettre. Mount prétend qu'il possède mes orgasmes. Je commence à croire qu'il a raison.

SEIZE

KEIRA

Je ne sais même pas comment j'ai fait pour parvenir à travailler le reste de la journée. Je n'arrive à penser à rien d'autre qu'au sex-toy que j'ai lavé dans ma petite salle de bains personnelle, enveloppé dans une serviette en papier et glissé dans mon sac, après avoir passé plus d'une heure à m'ôter le tatouage au henné.

Dix-sept heures passent, mais je ne quitte pas le bureau. Plus longtemps j'y reste, plus je peux éviter de suivre son ordre suivant. Il est plus de dix-neuf heures quand quelqu'un frappe à ma porte. Mes épaules se tendent et j'agrippe les bords de mon bureau. *Ce n'est pas lui*, je pense en me forçant à me détendre. *Jamais Mount ne frapperait.* Je lance un « entrez », et Tempérance passe la tête à travers l'embrasure de la porte.

– Je pensais bien avoir vu ta lumière allumée. Je croyais qu'après notre victoire d'aujourd'hui, tu serais sortie fêter ça.

Sortie fêter ça. C'est quelque chose que je ne suis plus libre de faire… ou alors si ?

– Tu me connais, accro au boulot jusqu'à la moelle.

– C'est vrai. Et c'est la raison pour laquelle j'ai apporté la fête à toi.

Et elle sort une bouteille de champagne de derrière son dos. Surprise, je fixe la bouteille.

– Je croyais que tu ne buvais pas ? Tu ne goûtes jamais au whiskey.

Elle se mord la lèvre inférieure en me regardant d'un air penaud.

– Tu vas peut-être me virer mais… je n'aime pas le whiskey, c'est tout.

Je fais semblant de me signer, comme si j'étais un prêtre et qu'elle avait péché en ma présence.

– Tu es sérieuse ?

Elle hoche la tête en souriant.

– Je suis certaine que *Seven Sinners* fait le meilleur whiskey qui soit, c'est pour ça que je peux en vendre plein. Mais après une nuit, pendant mes années de fac, passée au-dessus de la cuvette des toilettes pendant que ma coloc me tenait les cheveux, je n'y ai plus touché.

Je croise les mains, pose mes index sur l'arête de mon nez et j'éclate de rire en imaginant la scène.

– Je comprends. J'ai la même aversion pour le gin. Ça a trop le goût de ces parfums d'ambiance à l'essence de pin quand on le dégueule. Ou du moins, le gin bon marché que j'ai bu en fac. Maintenant, je m'en tiens au whiskey de marque.

– Seulement au *Seven Sinners* ?

Je secoue la tête.

– Non. Je goûte aussi la concurrence le plus souvent possible. Il faut savoir ce que produisent nos concurrents pour être sûre de faire mieux qu'eux.

Elle lève la bouteille de champagne.

– Alors, est-ce que ça signifie, pas de champagne pour fêter ça ?

Il y a tellement d'espoir dans sa voix, en plus du fait que je ne suis vraiment pas pressée de quitter les lieux, que je ne peux m'empêcher d'accepter.

– J'ai des verres. Pas des flûtes à champagne, mais je n'ai pas envie de remonter pour aller en chercher.

Tempérance sourit.

– Je ne suis pas snob. Je pensais utiliser les mugs de la boîte.

Elle prend une des chaises en cuir en face de mon bureau et me tend la bouteille.

– À toi l'honneur !

Je me souviens de la dernière fois où j'ai ouvert une bouteille de champagne. C'était chez moi, lors de ma nuit de noces, Brett était incapable de le faire.

À présent, je me demande s'il avait juste de l'alcool dans le sang. Tous les bons souvenirs que j'ai tenté de sauver après sa trahison sont entachés par ce que m'a raconté Magnolia. Mon mari était un escroc et un baiseur, en même temps qu'un fils de pute infidèle. Je me force à ne plus y penser et je prends la bouteille des mains de Tempérance.

– Certainement.

J'attrape deux verres à whiskey sur l'étagère derrière mon bureau, celle qui sert à présenter les whiskeys *Seven Sinners* depuis des années. Je fais sauter le bouchon sans en renverser une goutte et je les remplis presque à ras bord.

– Wouah. Tu y vas un peu plus fort que d'habitude, non ? commente Tempérance.

Au lieu de répondre, je lève mon verre, ce qui la pousse à faire de même.

– *Sláinte !*

Nous trinquons ensemble, et j'avale une bonne gorgée. C'est un équilibre parfait de douceur et de sec, avec en prime les bulles qui me montent directement à la tête pendant que je me concentre sur la dégustation. Oui, c'est exactement ça dont j'avais besoin après cet après-midi. Je repose mon verre et tourne la bouteille pour mieux détailler l'étiquette. Je ne reconnais pas la marque, mais ça ne veut pas dire grand-chose. Je ne m'y connais pas vraiment en champagne.

– Bon choix, dis-je en remplissant mon verre.

Lorsque je lève les yeux, c'est pour voir Tempérance qui me regarde fixement.

– Je sais que ces derniers mois ont été durs. Si je peux faire quelque chose pour t'aider, dis-le moi. Je suis là pour ça.

Elle est gentille et c'est une sacrément bonne employée, mais elle ne se doute pas une seconde des raisons pour lesquelles j'aimerais bien siffler toute la bouteille. Peut-être que si je suis bourrée quand je retournerai chez Mount… Dès que cette pensée me traverse l'esprit, je sais que j'ai tort. J'ai besoin d'avoir toute ma tête lorsque je lui fais face, et même si je peux boire du whiskey toute la journée sans problème, pour le champagne, c'est une tout autre histoire.

– Ou si tu veux parler de ce qui s'est passé…

Je lève mon verre à mes lèvres et quand je l'ai vidé, je laisse tomber mes mains sur mes genoux.

– Tu en as déjà fait beaucoup. Merde, tu mérites une augmentation et dès que nous toucherons le chèque des Voodoo Kings, je te la donnerai.

Son expression change, elle devient tout excitée.

– Vraiment ? Ça serait super. La dernière fois qu'on m'a offert une augmentation, il m'a été impossible d'accepter.

Mais dès qu'elle prononce ces mots, on dirait qu'elle veut les ravaler.

– De quoi tu parles ? Ici ?

La culpabilité se lit sur son visage, elle secoue vigoureusement la tête.

– Non. Euh… dans un autre boulot. Ailleurs.

Je l'examine de plus près.

– Tu ne sais vraiment pas mentir.

Cette fois, c'est Tempérance qui lève son verre et le descend d'un trait.

– Raconte.

J'ai déjà un sentiment de malaise qui me serre le ventre. Une intuition. Il est un peu tard pour ça.

– Je ne devrais pas, mais ça n'a plus d'importance.

Je pose mes coudes sur mon bureau, je serre mon verre entre mon pouce et mon index.

– Contente-toi de me raconter. Quoi que tu dises, ça restera entre nous et ça n'aura pas le moindre impact sur ton boulot. Je te le promets.

Je ne dis que l'exacte vérité, je ne peux me permettre de la perdre. Elle se ressert et boit une gorgée.

– Disons que si tu n'avais pas été une sorte d'idole professionnelle pour moi, et sans l'état catastrophique du marché du travail dans le coin, j'aurais donné ma démission dès que Brett est arrivé dans la boîte.

– Qu'est-ce qu'il t'a dit ?

Elle blêmit et cherche où poser son regard dans la pièce, ailleurs que sur moi.

– J'avais fait une demande d'augmentation, mais je ne m'étais pas rendu compte que tu étais déjà partie pour une réunion. Brett l'a parcourue et m'a appelée dans son bureau pour en discuter.

Elle avale une autre gorgée de champagne, comme si le liquide lui donnait du courage. Quant à moi, je sens la rage monter en moi.

– Et ?

– Il m'a dit que si je voulais une augmentation, je devais la gagner à l'ancienne. J'ai pensé qu'il voulait dire que je devais travailler plus.

Elle marque une pause, lèvres pincées comme si elle ne voulait pas dire le reste de l'horrible vérité. Je hoche la tête pour lui faire signe de continuer.

– Il a ouvert sa braguette et m'a tout de suite ordonné de le sucer.

Elle s'étrangle en disant cela, tout comme j'étranglerais Brett s'il était encore vivant. J'attrape la bouteille de champagne et je remplis nos deux verres.

– Je suis tellement désolée. Je ne peux pas assez m'excuser. Tu aurais dû le dénoncer. Merde, tu aurais dû l'attaquer en justice pour harcèlement sexuel. C'est ce que j'aurais fait à ta place.

Il y a un moment de silence pendant lequel nous buvons toutes les deux.

– J'ai cherché d'autres boulots. Je ne vais pas te raconter de bobards. Mais je n'ai rien trouvé qui me tentait. Je suis restée, principalement pour des raisons égoïstes et parce que j'ai dit à Brett que si jamais il me redisait un truc comme ça, je préviendrais mon frère et qu'il lui trancherait la queue au couteau de chasse.

Sous le choc, je me renfonce dans mon fauteuil.

– Ton frère aurait réellement…

– Si tu avais un frère, il ne le ferait pas ? répond-elle.

– Et tu en as parlé à ton frère ? je lui demande alors qu'un soupçon me traverse l'esprit.

– Non, oh Seigneur. Non. Il n'a rien à voir avec la mort de Brett. Je le jure sur la tombe de ma grand-mère.

– Je ne voulais pas avoir l'air de t'accuser. Je voulais juste…

Tempérance secoue la tête.

– Non, j'aurais posé la même question si j'étais toi. Mais si je l'avais raconté, Brett serait mort bien plus tôt. Ce qui ne me réconforte pas pour autant. Merde ! Je n'aurais pas dû t'en parler. Je suis vraiment désolée. Je suis une vraie salope.

Elle se lève à moitié de sa chaise, comme pour fuir mon bureau.

– Arrête. Assieds-toi. Ce n'est pas grave.

J'ai du mal à poursuivre cette conversation, mais je décide de lui avouer ce que presque personne ne sait.

– J'étais en train de quitter Brett quand c'est arrivé. Je veux dire, ça m'a tout de même fait un mal de chien de le perdre, à cause de ce que je croyais avoir vécu avec lui au début. Je suppose que cela ne t'étonnera pas de savoir qu'il me trompait.

Tempérance se rassied en me lançant un regard compatissant.

– Je suis tellement désolée. Pour tout ça. Pour les hommes qui sont des salauds. Pour le fait que tu as dû faire face à tout ça.

– Ce n'est pas ta faute.

Elle lève son verre.

– La tienne non plus. Allez, aux hommes bien qui existent encore, même s'ils ne sont pas parfaits et parfois carrément graves !

Je lève mon verre, et nous trinquons à nouveau, mais son toast me vrille la tête. Je suppose qu'elle parlait de son frère, mais le qualificatif « grave » s'applique tellement bien à Mount. Je vide mon verre en me disant que c'est le dernier. Un de plus, et je vais me mettre à songer à fuir pour ne plus avoir à lui faire face, or c'est impossible.

Non, ce soir, il faut que nous concluions les termes de ce marché, puisqu'il ne m'a pas écoutée la dernière fois. Je baisse mon verre et je croise le regard de Tempérance.

– Merci pour ta franchise, même si j'aurais préféré que tu m'en parles tout de suite. Je ne comprends pas vraiment pourquoi tu ne l'as pas fait. Je te remercie d'avoir tenu le coup quand tu n'aurais pas dû le faire, parce que je n'y serais pas arrivée sans toi. Tu vas vraiment l'avoir, cette augmentation.

Le sourire de Tempérance est chaleureux et honnête, comme elle.

– J'adore ce boulot. J'aime cette boîte et je suis fière d'y travailler.

Elle se lève à nouveau.

– Juste pour que tu le saches, tu es une boss vraiment extraordinaire.

Ses paroles me remplissent de fierté, mais en même temps, je songe avec quelle facilité elle aurait pu avoir un patron totalement différent. Un patron brutal. Avec qui elle n'aurait pas été fière de travailler. À l'heure actuelle, Mount aurait déjà mis la clé sous la porte sans prévenir et mes employés seraient en train de chercher un autre boulot. C'est pour ça que j'ai accepté, me dis-je.

– Merci. Ça me touche beaucoup, ce que tu dis.

J'espère qu'elle se rend compte que je suis sincère.

– Je vais retourner dans mon bureau bosser une heure avant de prendre la voiture pour rentrer. Prudence est mère de sûreté, n'est-ce pas ?

– Tu es une fille futée.

– J'essaie. À demain, patronne.

Tempérance sort en me laissant le reste du champagne. C'est trop tentant. Comme il me serait facile de m'enivrer au point de ne plus me souvenir de ce qui va se passer ce soir ! Mais je ne vais pas le faire. Je suis déjà pompette, et c'est un désavantage suffisant. Je repousse mon siège et j'emporte la bouteille à la salle de bains. Je me dépêche de la vider avant de changer d'avis et je laisse le cadavre sur le comptoir. Je m'occuperai demain de la déposer au recyclage avec le reste du verre du restaurant. Ce soir, j'ai des problèmes plus importants à régler.

Je ramasse mes affaires et glisse mon sac sur mon épaule en rassemblant mon courage pour faire face à Mount, après ce qui s'est passé cet après-midi. Au moment où j'atteins le seuil de la porte, mon sac se met à vibrer. Je me tétanise. Le jouet. Merde.

Je fais demi-tour, je m'appuie contre la porte.

– Est-ce que c'est un avertissement parce que tu sais que je ne l'ai pas encore remis, ou bien est-ce que tu essaies de me rendre dingue avant qu'on me « livre » à toi ?

Je pose la question à la pièce vide, mais je ne suis pas tout à fait certaine qu'elle le soit vraiment. J'imagine bien qu'il n'est pas là, mais je ne peux m'empêcher de me poser des questions.

– Est-ce que tu m'observes en ce moment, espèce de salaud ? Où sont les caméras ?

Je tourne sur moi en vacillant à cause du champagne et de mes talons hauts, j'inspecte mon bureau que je croyais jusque-là connaître sur le bout des ongles.

– Où sont-elles, je demande, juste assez fort pour ne pas attirer l'attention de Tempérance, dans son bureau au fond du couloir.

Je m'avance à nouveau vers la porte, et le vibromasseur se remet en marche avant que je puisse atteindre la poignée. Je m'écarte et retourne au milieu de la pièce, cette fois plus posément. Et là, je lui fais un doigt d'honneur en tournant lentement mon majeur en l'air.

– Préviens-moi si tu vois ça, Mount.

L'engin dans mon sac ne réagit pas, mais quelque chose me dit qu'il est en train de m'observer. Je rentre dans la salle de bains, je claque la porte et je jette mon sac sur le comptoir. Il atterrit sur la bouteille de champagne qu'il envoie valdinguer.

– Merde !

Le goulot de la bouteille heurte le sol, elle se brise en deux. Ça aurait pu être bien pire, je pense en me penchant pour ramasser les morceaux de verre. Avec ma tête qui tourne légèrement à cause de l'alcool, je juge mal la distance, et le bord tranchant d'un des morceaux de la bouteille m'entaille la paume gauche.

– Putain !

Le sang goutte, ça fait un mal de chien. J'attrape une serviette en papier dans le distributeur et je le serre fort autour de ma main pour arrêter le saignement tout en m'accroupissant pour attraper la trousse de soins de premiers secours sous le lavabo. Je sais qu'il y en a une quelque part, la devise de mon père, étant « toujours prêt », ce qui est logique vu qu'il a été Eagle Scout[10]. Encore une tradition qu'il souhaitait transmettre au fils qu'il n'a pas eu la chance d'avoir.

Je trouve la trousse de premiers secours, j'attrape un rouleau de gaze et du sparadrap. Apparemment,

10. C'est le plus haut grade chez les *Boys Scouts of America*, les scouts d'Amérique.

être toujours prêt n'inclut pas la possession de pansements de la taille d'une paume de main. Je soulève lentement la serviette en papier et je tressaille, bien que ce ne soit pas aussi grave que je l'avais d'abord cru. Ça me fait très mal, mais je ne pense pas avoir besoin de points de suture.

Merci mon Dieu, parce que, même pompette, l'idée de l'aiguille de suture qui me traverse la peau parce qu'un médecin me recoud la main, me fait totalement flipper.

J'entoure ma main avec la bande de gaze et je la maintiens en place avec le sparadrap. Je m'occuperai de la bouteille cassée demain, lorsque je serai complètement sobre. Je récupère mon sac et je sors d'un pas raide, prête à être ramassée.

DIX-SEPT

KEIRA

Ce n'est qu'une fois installée à l'arrière de la voiture conduite par La Balafre que mon sac se remet à vibrer. Aussitôt, mon estomac se noue en songeant à ce que m'a dit Mount ce matin.

Tu as intérêt à le porter lorsqu'on te livrera à moi.

L'accident avec la bouteille et ma blessure m'ont complètement fait oublier la raison pour laquelle j'étais entrée dans la salle de bains. J'ai l'impression qu'il ne va pas me croire.

Merde. Je réfléchis à ce que je peux faire pendant que la voiture m'emmène Dieu sait où.

Je peux fouiller dans mon sac, aveuglée par la cagoule et tenter de m'enfiler ce truc d'une main, pendant que La Balafre m'observe dans le rétroviseur. Ou bien je peux affronter Mount en lui avouant que j'ai désobéi à l'un de ses ordres directs.

Je suis tentée de balancer mes affaires dans la voiture. Vraiment. Je plonge ma main indemne dans mon sac et j'attrape le sex-toy qui n'arrête pas de pulser et de vibrer.

Ce connard veut que je me l'enfile sous le regard de son chauffeur ? Je vous parie qu'il veut que je sois dans tous mes états lorsqu'on va me livrer à lui. Peut-être pense-t-il qu'ainsi je serai plus accommodante.

C'est mal me connaître. Cela scelle ma décision ; je ne le ferai pas. Je ne sacrifierai pas ma dignité pour obéir à ses ordres en m'enfilant un sex-toy pendant que quelqu'un regarde. Pas question.

Le trajet me semble interminable. C'est sans doute à cause de la capuche qui me perturbe. Perdre mon sens de l'orientation me rend dingue, et je suis certaine que c'est ce que désire Mount, ce qui signifie qu'il est soit un salopard manipulateur, soit un paranoïaque, soit les deux à la fois. La Balafre s'arrête avant que j'aie pu en décider. Je reconnais le bruit de la voiture qui pénètre dans un parking avant qu'il coupe le moteur.

La portière du conducteur s'ouvre et la mienne aussi, comme les autres fois. Il me prend dans ses bras et, cette fois, je n'oublie pas mon sac.

Je me demande quel genre de séance d'entraînement quotidien peut pratiquer La Balafre pour réussir à me soulever comme si je ne pesais rien, alors que ce n'est vraiment pas le cas. Les seins, le cul et pas mal de whiskey, ça fait grossir les filles, mais je m'en fiche royalement. Les paroles de Magnolia me reviennent en mémoire.

Tu as des seins, un cul et de splendides cheveux roux qui font croire aux hommes qu'ils vont découvrir le feu quand ils t'auront coincée… Et, qui plus est, tu en es totalement inconsciente.

On me fait monter, descendre, et remonter, et redescendre, et je réalise que Mount m'a dit pratiquement la même chose.

Tu ne te rends absolument pas compte de ce que pensent les hommes quand ils te voient. Sauf aujourd'hui. Aujourd'hui, tu l'as senti.

C'est vrai que je ne passe pas mon temps à me regarder dans la glace. C'est surtout parce que j'ai un boulot de dingue. Je ne suis pas du genre selfies et réseaux sociaux. Je n'en prends pas à moins que quelqu'un m'y force pour le boulot. Je n'ai pas prêté beaucoup d'attention à ce que m'a dit mon amie. Je sais que Magnolia ne me mentirait pas, mais elle me voit avec les yeux de l'amitié, ce qui a tendance à augmenter la beauté chez celle que vous appréciez.

Qu'est-ce que Mount m'a dit tout à l'heure ? Ça m'est sorti de la tête. Habituellement, je suis naïve. Je n'attends pas, je ne remarque pas les regards insistants des hommes. C'était plutôt le domaine de Jury. Ou même d'Imogène, avec ses traits fins et sa beauté classique indéniable. Moi, j'étais celle qui suivait mon père au boulot, qui apprenait les différentes saveurs dont nous pouvions agrémenter notre whiskey en le faisant vieillir dans des barriques de différentes essences, quels fournisseurs de céréales étaient meilleurs que d'autres et pourquoi. Sauf aujourd'hui… Aujourd'hui, Mount a eu raison. J'ai senti chaque regard insistant de ces hommes qui ont mené notre réunion professionnelle en regardant mes seins plutôt que mes yeux. C'était humiliant, pas gratifiant du tout.

Encore un autre péché à jeter à ses pieds. Et c'est probablement là qu'il va m'écraser, en apprenant que j'ai désobéi à ses ordres.

Mes pensées sont brusquement interrompues lorsqu'on me repose sur mes stilettos et que j'entends une porte se refermer à clé. Comme la dernière fois, j'arrache ma cagoule, prête à l'attaque, tout en observant ce qui m'entoure, en me demandant si je vais être abandonnée dans une pièce en présence d'un tigre affamé ou bien d'un gentil petit chat. L'analogie est bien trop proche de la réalité pour moi. Je pivote sur moi-même et je me rends compte que je suis à nouveau dans le salon que j'ai quitté ce matin même. Il est exactement à l'identique, exception faite des plateaux recouverts que j'avais laissés intacts. J'ai également à peine touché à mon déjeuner, à part au whiskey. Cela explique pourquoi le champagne m'est monté à la tête plus rapidement que d'habitude. J'entre dans la chambre à coucher, à nouveau sur mes gardes. Je me demande de quel côté Mount va apparaître, mais ma recherche ne donne rien. S'il m'espionne, il ne le fait pas depuis cette pièce.

Lorsque je pose mon sac sur la table de nuit, je me souviens que le sex-toy est dedans… et non en moi , là où il est censé se trouver.

J'ai une décision à prendre. Me soumettre ou me rebeller.

Le conseil de Magnolia, c'était de ne pas le laisser prendre complètement l'ascendant sur moi. Pour l'instant, ma main me fait un mal de chien, je n'ai vraiment pas envie de toucher cet objet. Alors, qu'il aille se faire voir ! Que peut-il me faire subir de pire ?

En fait, je ne veux pas le savoir.

Jusqu'à présent, tout ce que j'ai eu à subir, ce fut ma perte de ma liberté, ce qui me fait royalement chier, mais il ne m'a pas fait mal physiquement. J'ai même un ou deux orgasmes.

Peut-être que je vais pouvoir me battre pied à pied avec Mount et m'en sortir sans une égratignure.

Il ne me faut pas très longtemps pour comprendre que j'ai complètement tort.

DIX-HUIT

KEIRA

Quelque chose pend dans le grand dressing. C'est une robe en soie noire, au profond décolleté en V. Elle est fendue des deux côtés jusqu'aux hanches. Je cherche la lingerie correspondante, mais il n'y en a pas. Je fouille tous les tiroirs de l'îlot central. Ils sont vides. Donc, il veut que j'aie l'air d'une parfaite putain pour le dîner. Super.

Quelque chose de doré pend au cintre de la robe et attire mon regard. C'est une chaîne en or avec un unique charm en forme de minuscule et délicate serrure. Un symbole de ma captivité ? Comme si j'avais besoin de me le rappeler.

Quand j'attrape la robe, une note tombe par terre. Je me penche pour la ramasser.

Change-toi immédiatement.

Garde ta chatte bien remplie.

Le ton arrogant de sa voix retentit dans ma tête pendant que je lis ses gribouillages.

Va te faire foutre est la première pensée qui me vient à l'esprit. Pour l'instant, je soigne ma main et un léger tournis. Je ne suis pas disposée à obtempérer, comme tout le monde le fait dans la vie de Mount. Peut-être est-ce le champagne qui me donne du courage, mais j'aime à croire que ce n'est pas le cas parce que je ne suis pas du tout saoule. Si j'étais bourrée, je serais insensible à la douleur.

Et pas seulement la douleur de ma main. Quand Tempérance m'a raconté ce que Brett voulait la forcer à faire, ça m'a démolie.

Mes yeux s'emplissent de larmes, je m'appuie contre l'îlot central pour me reprendre. J'ai envie de m'effondrer dans le dressing et de les laisser couler. Une seule chose me retient ; ou plutôt, devrais-je dire, un homme.

– Tu n'es pas capable d'obéir à un ordre tout simple ? Je te croyais plus maligne.

Je tourne la tête pour découvrir Mount, debout dans l'encadrement de la porte qui mène à la salle de bains. Voilà qu'il me fait encore une de ses entrées silencieuses stupides.

– Comment fais-tu ça ? Et pourquoi ? je lui lance, frustrée. Tu sais quoi ? Ne réponds pas. Je m'en fiche. Cette nuit, je ne suis pas d'humeur à supporter ton style de connerie arrogante. Je n'en ai vraiment plus rien à cirer.

À chaque mot que je prononce, je le vois s'assombrir et je me dis que je m'avance en territoire miné.

– Qu'est-ce que tu viens de dire ?

Lutter ou mourir, n'est-ce pas ce que je me suis promis de faire ?

– J'ai dit que je ne suis pas d'humeur.

Il fait un pas dans le dressing et referme la porte derrière lui. Je ne sais pas si c'est un jeu de pouvoir ou quoi, mais immédiatement, la pièce semble rétrécir pour ne plus faire qu'un dixième de sa superficie.

– Redis-le, m'ordonne-t-il.

Je me tiens bien droite et je le regarde dans les yeux.

– Je ne suis pas d'humeur ce soir à affronter un autre trou du cul. Okay ?

Je lance mes mains en l'air comme si je ne savais absolument pas comment agir face à lui. Ce qui est le cas. Le visage de Mount passe de la colère à la rage en l'espace d'un battement de paupières. Sa voix se transforme en un murmure sourd et rauque.

– Qui a osé te toucher ? Des têtes vont tomber et c'est moi qui tiendrai la hache.

Avant que je comprenne ce qui m'arrive, il saute sur moi à la vitesse de l'éclair et attrape mon poignet du côté de ma main blessée. Je tente de rester en équilibre malgré ses mouvements et ses menaces et je regrette d'avoir bu du champagne.

– Quoi ? Personne. Enfin, personne d'autre que toi. Et La Balafre, quand il me porte comme si j'étais incapable de marcher toute seule.

– Alors, c'est quoi ce putain de truc ?

Il agite ma main devant moi, en fixant la gaze et le sparadrap.

– Rien, je réponds d'une voix tremblante, bien que je m'efforce de rester calme.

Je le regarde pendant qu'il examine le résultat de mes efforts de secouriste, avant de lever les yeux pour les plonger dans les miens. Il évalue. Il calcule. Il juge. Il relâche mon poignet aussi vite qu'il l'a attrapé.

– Penche-toi en avant et montre-moi ton cul.

Ce changement rapide me laisse bouche bée.

– Maintenant.

Le mot résonne dans le dressing. On ne m'a jamais donné d'ordre aussi implacable de toute ma vie, et je n'ai jamais autant regretté une décision que celle que j'ai prise quelques minutes plus tôt : ne pas replacer l'engin. Déterminée, je ravale ma peur. Il y a peu, j'étais prête à accepter ma punition, je ne vais pas craquer maintenant.

En lui tournant le dos, je me penche en soulevant ma jupe. Il lui faut moins d'une seconde pour s'apercevoir de ce qui manque.

– Je t'ai donné un ordre, un putain d'ordre simple, et tu ne l'as même pas respecté.

Il rabaisse la jupe.

– Debout.

Je m'exécute et me tourne pour lui faire face, je n'ai pas confiance.

– Désolée de m'être ouvert la main pendant que j'allais exécuter tes ordres à la con, ce qui m'a empêché de jouer à tes petits jeux sexuels !

Son expression se fige à nouveau, et il attrape mon poignet, paume en avant.

– Tu as dit que ce n'était rien.

– Pour toi, ce n'est rien. Il te faudrait sans doute un membre coupé. Ou peut-être une décapitation ?

Il me tire par le poignet, ouvre grand la porte du dressing et me tire dans la salle de bains. Il ne me lâche pas pendant qu'il fouille dans les tiroirs.

– Lâche-moi.

Je tire sur ma main, mais il a une poigne d'acier.

– Pas avant d'avoir vérifié que tu ne me racontes pas de bobard.

Mount finit par trouver ce qui ressemble à des ciseaux à ongles, il coupe la gaze et le sparadrap sur le dos de ma main. Puis il ôte le bandage et tourne ma paume de main vers le haut. Ses narines tressaillent pendant qu'il examine la coupure. Je ne sais absolument pas à quoi m'attendre de sa part lorsque son regard sombre croise le mien.

– Comment est-ce arrivé ? Ne me raconte pas de conneries, Keira. Je veux la vérité.

La salive inonde ma bouche, je l'avale avant d'expliquer :

– J'ai heurté la bouteille de champagne que mon assistante avait apportée pour fêter notre nouveau contrat, elle s'est cassée sur le sol de la salle de bains. Quand j'ai voulu la ramasser, je me suis coupée.

Sa poigne se relâche un peu, et il incline ma main vers la lumière.

– Tu n'auras pas besoin de points de suture.

J'ouvre la bouche pour lui dire que je le sais déjà, mais j'arrête net lorsqu'il se met à suivre la coupure avec le coussinet de son pouce, mais à un centimètre de distance, en prenant bien soin de ne pas l'effleurer.

– Mais tu garderas peut-être une cicatrice.

Je sens son contact comme s'il était de feu et laissait une trace rouge sur son passage. Mes doigts se recroquevillent instinctivement, mais il arrête le mouvement en les recouvrant des siens.

– Ne fais pas ça. Tu te remettrais à saigner. Reste tranquille.

Quand il relâche mon poignet, je suis suffisamment embarrassée pour lui obéir. Il s'accroupit et sort un kit de premiers secours de sous le lavabo.

– Comme mon père, toujours prêt.

Les mots sortent tout seuls. Mount se lève lentement, son regard noir me cloue sur place.

– Ne va pas t'imaginer une seule seconde que je suis comme ton père. Tu ne pourrais pas te tromper plus si tu essayais.

Alors qu'il sort quelque chose de la trousse, ma réponse fuse.

– Tu as raison. Mon père est un homme bon. Et autant que je puisse en juger, il n'y a absolument rien de bon en toi.

– Voilà que tu commences à comprendre, dit-il avec son sale petit sourire satisfait.

C'est alors que quelque chose se met à me brûler comme du feu tout le long de ma coupure. J'essaie de dégager mon poignet. Il ne me lâche pas. À la place, il se sert de sa main libre pour éventer ma blessure.

– Qu'est-ce que tu m'as fait, bordel ?

– Calme-toi. C'est un pansement liquide. C'est bien plus efficace que ta gaze et ton sparadrap. Ça va s'arrêter de brûler dans une seconde.

Il continue à brasser l'air au-dessus de la coupure pour calmer la douleur.

– Tu aurais pu me prévenir. Ça fait super-mal !

Mount blêmit.

– Je t'ai donné plus d'avertissements qu'à quiconque. Pourtant, ça n'a pas l'air de fonctionner parce que tu es la femme la plus têtue que j'ai jamais rencontrée. Et si tu penses que ça fait mal, tu n'as jamais connu de vraie douleur.

Il lâche mon poignet et range le kit de premiers soins pendant que la sensation de brûlure s'atténue peu à peu.

Est-ce que je le remercie ? Je me pose encore la question quand il se relève. Il me dépasse de presque trente centimètres, ce que je n'avais pas encore remarqué avant que nous soyons obligés d'être si près l'un de l'autre.

– Va t'habiller. À cause de toi, nous allons être en retard pour dîner.

Il sort de la salle de bains, mais ne quitte pas la chambre avant de m'avoir lancé par-dessus son épaule,

– Et n'oublie pas le jouet, ou je prendrai ça pour une invitation directe à te coucher sur la table de la salle à manger et à défoncer ta petite chatte étroite pendant qu'on nous servira les entrées.

DIX-NEUF

KEIRA

Étonnamment, Mount tire ma chaise et la repousse une fois que je suis assise à la table de salle à manger massive autour de laquelle on pourrait aisément asseoir vingt personnes. Son couvert est dressé en tête de table, je suis assise directement à sa gauche. Je ne le regarde pas en m'asseyant, parce que je suis sûre que ce type peut lire dans mes pensées.

À ma grande honte, les mots qu'il a lancés en sortant m'ont fait mouiller, assez pour ne pas avoir besoin de lubrifiant lorsque j'ai remis le vibromasseur, comme il l'avait exigé.

Mais qu'est-ce qui ne va pas chez moi ?

Je devrais être dégoûtée, révulsée. Je devrais hurler pour que quelqu'un me fasse sortir de cette foutue baraque que je n'ai pas encore pu voir, puisque La Balafre m'a remis la cagoule et m'a portée jusqu'ici pour le dîner. Au lieu de cela, je ne peux m'empêcher d'imaginer Mount m'agrippant violemment par les cheveux, me renversant sur la table et me montant comme le suggère son prénom.

Encore une fois, qu'est-ce qui ne va pas chez moi ? D'abord, il se joue de moi, il me rend dingue, ensuite il y a l'effet qu'il produit sur moi. Je ne crois pas qu'il existe de mot pour décrire ça. Je suis certaine qu'il ne s'agit pas du syndrome de Stockholm, parce que je le déteste vraiment et que je m'enfuirais immédiatement si j'en avais la possibilité. Enfin, s'il n'existait pas de menaces de mort vis-à-vis de mes amis et de ma famille.

Et puis, il y a ces deux parties de moi qui s'affrontent, celle qui désire ce qu'il menace de me faire et celle qui se révolte.

– Dois-je vérifier ? me demande en murmurant la voix grave de Mount.

Avant que je puisse répondre, le jouet se met à vibrer. Je sursaute sur mon siège en lui apportant ainsi ma réponse.

– Je ne le pense pas.

J'ai envie de le gifler pour effacer ce sourire satisfait plein de morgue, mais je n'ose même pas songer aux conséquences qu'aurait un tel acte. Heureusement, le vibromasseur s'éteint avant qu'on nous serve les entrées. Lorsque j'ai terminé ma soupe aux huîtres en silence, je sais enfin ce que je dois faire.

– Il faut que nous parlions des conditions.

L'équipe de serveurs efficaces termine de nous servir la salade avant que Mount daigne réponde.

– Les seules conditions dont nous devions discuter étaient inscrites dans ton accord de soumission. Tu as accepté. Fin de la discussion.

Je lâche ma fourchette, l'argent tinte contre la délicate assiette en porcelaine de Chine. Je suis trop énervée pour me dire qu'il est vraiment étrange qu'un homme aussi brutal que Mount s'entoure de tant de raffinement.

– Non. Crois-moi, les négociations, ça ne marche pas comme ça.

Ma réponse lui fait hausser un sourcil sombre, et je ne peux m'empêcher de me demander si c'est une capacité octroyée uniquement aux hommes arrogants, pour des occasions comme celle-ci.

– Cette conversation concerne la fin de notre marché. J'ai besoin de savoir exactement combien de temps tu vas me garder ici, parce que tu fous en l'air ma vie et mon entreprise.

Je commence à reconnaître ce petit sourire qui lui étire les coins de la bouche vers le haut et cela n'augure jamais rien de bon pour moi.

– Tu as tellement envie de payer ta dette et de te débarrasser de moi ?

– Absolument.

Je crache le mot comme si c'était une grossièreté.

Mount, vêtu comme d'habitude d'un costume qui lui va comme un gant, pose ses avant-bras sur la table et se penche vers moi.

– Notre marché ne prendra fin que lorsque j'en aurai assez de toi.

La rage, ma compagne familière, me tord le ventre.

– Et ça sera quand ?

Je tente de poser la question le plus naturellement possible.

Son petit sourire satisfait se tord.

– Je m'assurerai de te le notifier par écrit.

Si mes yeux pouvaient lancer des flammes à travers la table, Mount serait immédiatement carbonisé.

– C'est des conneries, dis-je, me sentant de plus en plus courageuse.

Toute trace d'humour disparaît de son visage. Aurais-je dépassé les limites ?

– Non, la connerie, c'est que tu es censée me rembourser en me donnant du plaisir et que je n'en ai pas obtenu le moindre de toi, jusqu'à présent.

Il repousse le dossier de sa chaise vers la table en faisant dinguer la porcelaine et gicler l'eau de nos verres en cristal.

– Ta main n'est pas en état, mais ta bouche peut parfaitement faire l'affaire.

Il baisse la tête.

– Mets-toi à genoux.

Ma poitrine se soulève avec fureur, parce que la seule chose à laquelle je pense, c'est à Brett assis à son bureau, ordonnant à Tempérance de le sucer pour obtenir une augmentation. Ils sont tous pareils.

– Va te faire foutre, Mount. Je ne me mettrai jamais à genoux pour toi.

Je pense vraiment chaque mot de ce qui pourrait être la promesse la plus dangereuse que j'ai jamais faite. Un muscle de sa mâchoire tressaille, ses narines frémissent. Un serveur entre tranquillement, sans doute pour vérifier si nous sommes prêts pour le plat suivant.

– Foutez-moi le camp !

Son ordre déclenche un flot d'adrénaline dans mon système sanguin, parce qu'il ne m'a pas quittée des yeux une seconde. J'éloigne ma chaise de la table, prête à m'enfuir. Je pensais être une combattante, en fait, il s'avère que je suis une trouillarde. Le serveur disparaît en refermant la porte derrière lui. Je n'ai même pas encore quitté ma chaise que Mount frappe la table avec sa paume de main en faisant sauter la porcelaine.

– Pas toi. Tu ne quitteras pas cette pièce avant que j'aie obtenu ce que je veux. Tu as fait un marché. Tu vas honorer ce marché. De ton plein gré.

– Je te déteste.

La vérité est contenue dans ces trois mots.

– Alors, je pense que nous allons avoir de sacrées séances d'amour-haine jusqu'à ce que j'en aie fini avec toi.

Le vibromasseur se remet en marche à fond, sur la position la plus haute. Il pulse en moi, ajoutant une poussée de désir au tourbillon d'émotions qui se heurtent en moi, en écrasant tout le reste.

– Combien de temps dois-je le laisser en marche avant de l'arrêter et te prouver le contraire ?

Sa question est purement rhétorique, et en plus, je suis totalement incapable d'y répondre.

– Autant de fois que l'on m'a refusé l'accès à ce joli petit con ? Ou bien, jusqu'à ce que tu me supplies ?

Mes doigts s'agrippent à la nappe en lin et dentelle. J'essaie de garder un semblant de santé mentale.

Comment est-il possible que je désire cet homme ? Je le hais.

Mais je n'ai jamais désiré quelqu'un aussi violemment.

Il passe son temps à changer l'intensité, il m'entraîne à la limite de la jouissance et s'arrête à chaque fois, juste avant que je puisse jouir. Je suis sur le point de hurler de frustration parce que ce n'est plus qu'une question de secondes pour que je craque et je refuse de le laisser me mettre à genoux, au propre comme au figuré.

– Contente-toi de me baiser et fais-moi jouir, espèce de fils de pute sadique !

Ma voix perçante résonne dans l'immense pièce, je la reconnais à peine.

– Enfin, dit-il, mais je suis trop partie pour faire attention à son ton triomphal.

Mount arrache la nappe en envoyant la porcelaine et le cristal s'écraser par terre. Il s'avance vers moi, en même temps que moi vers lui. Ses deux mains me saisissent par la taille pour m'attirer à lui avant de me soulever entre ses jambes écartées. Mount ne se donne même pas la peine d'ouvrir ma robe. Il déchire la soie délicate en partant du décolleté en V jusqu'à cc qu'cllc tombe en lambeaux sur le sol. Ses mains massives encerclent mon cou et il m'appuie dessus jusqu'à ce que mon dos entre en contact avec la table.

– Tu me pousses à bout comme aucune femme ne l'a jamais fait, et maintenant, je vais te baiser comme je l'ai prévu, depuis le début. Comme tu en as rêvé toute ta vie.

– Espèce de bâtard arrogant.

Mes paroles sont calmes, comme assourdies par la pression qu'il exerce sur moi, même s'il n'empêche absolument pas l'air de pénétrer dans mes poumons.

– Je suis impitoyable, pas arrogant, et tu es sur le point d'apprendre la différence.

Mount ôte sa main de ma gorge pour arracher sa veste avant de m'enlever le sex-toy. Il le lève avec une satisfaction évidente, parce qu'il glisse tout seul hors de moi.

– Putain, tu aimes ça. Tu ne veux pas seulement, tu en as besoin. Et je suis le seul qui vais te le donner.

Il ouvre sa braguette et le bouton du haut saute d'un seul coup. Je n'ai pas le temps d'apercevoir sa queue, il l'enfonce en moi en une seule poussée.

– Encore.

C'est impossible que cette supplique soit sortie de mes lèvres. Jamais je ne supplierais comme ça. Je n'ai plus conscience de rien, si ce n'est de la déferlante de désir sauvage qui monte en moi, plus fort, plus vite, pendant qu'il m'écartèle jusqu'au point où le plaisir se mêle à la douleur, et ça me fait grimper au ciel. Mes muscles internes se contractent et, en un instant, je ne suis plus allongée sur le dos sur la table de salle à manger, mais enroulée autour de lui, en train d'arracher sa chemise comme il l'a fait avec ma robe. Je ne pense même plus à ma main blessée en lui enfonçant mes ongles dans les épaules et en m'accrochant à lui comme un animal sauvage en chaleur quand l'orgasme me tombe dessus avec une violence que je n'ai jamais connue auparavant.

Mount gronde, ses mains descendent vers mon cul et agrippent mes fesses pendant qu'il me soulève de la table et qu'il me laboure, encore et encore. Je me fiche de lui laisser des marques, mais je veux bien être damnée si je le supplie encore, surtout de me faire jouir. Je plante mes dents dans le muscle épais de son épaule pour tenter d'assourdir mes cris.

Je n'y parviens pas, mais Mount ne peut sûrement pas m'entendre, tant il gronde fort lorsque sa queue se met à pulser en moi en répandant sa semence.

La première pensée rationnelle que je réussis à formuler, c'est :

Putain de merde, il n'a pas mis de capote.

VINGT

MOUNT

Cette femme a le feu en elle. Il suffisait d'un peu d'amadou et d'une étincelle. Heureusement pour moi, j'ai appris les bases très tôt à propos du silex, de l'acier et du papier volé dans la benne à ordures du boucher.

C'était suffisant pour me réchauffer les rares nuits où, dans cette ville, il faisait assez froid pour qu'il gèle. Si j'avais eu Keira Kilgore, je n'en aurais pas eu besoin, parce qu'ensemble, nous aurions brûlé la ville de fond en comble.

Vous savez ce qui se passe lorsque vous jetez de l'essence sur le feu ? Vous obtenez un brasier infernal, et c'est ce qui s'est passé cette nuit. Du moins jusqu'à ce que je me retire et que mon sperme se mette à goutter entre ses cuisses.

Merde.

Je n'ai jamais fait l'amour sans capote, même lorsque je devais les chourer parce que je ne voulais pas choisir entre manger et faire l'amour.

Keira me regarde comme si je venais de semer une graine démoniaque en elle, et elle n'a peut-être pas complètement tort.

– Pourquoi as-tu fait ça ? Pourquoi n'as-tu pas mis de préservatif ?

Elle fait comme si c'était de ma faute ? Apparemment, lorsque le diable est dans la maison, qui peut-on blâmer d'autre ?

– J'avais prévu de te fourrer ma queue dans la gorge et de te faire tout avaler jusqu'à la dernière goutte, mais c'est toi qui as fait foirer mon plan.

La bouche dont je parle, celle qui n'a pas encore touché la bite, reste béante.

– Tu es en train de dire que c'est de ma faute ? (Elle se désigne du doigt en secouant la tête.) Tu es un véritable salaud.

Aucune autre femme ne se permettrait de m'injurier comme elle le fait, mais je ne sais pas pourquoi, cela m'amuse. La plupart du temps.

– Bon, mais au moins je suis un salaud qui a toujours mis une capote. Tu n'attraperas aucune merde venant de moi. Tu peux me faire confiance là-dessus.

– Te faire confiance. ? Jamais.

Je perds mon calme. Je viens de jouir plus fort que jamais avec la femme qui m'a fait attendre le plus longtemps et je n'arrive même pas à apprécier l'instant une ou deux secondes après que ma queue a arrêté de pulser, parce qu'elle fait tout un plat de cette histoire de capote.

Une autre pensée surgit en moi. Je l'admets, j'aurais pu mieux gérer la situation, mais cette nana me rend dingue.

– Je suis plus inquiet de ce que je pourrais attraper avec toi. Ton sac à merde de mari a baisé avec tout ce qui bougeait.

Sa respiration saccadée me fait penser à l'homicide et, étant donné son caractère, je n'exclus pas cette possibilité. Surtout qu'elle ne sait pas quoi répondre.

– Au moins, j'espère que tu prends la pilule. Je n'ai pas prévu d'avoir un môme, putain.

Je n'ai jamais pris ce genre de risque jusqu'à présent. Un enfant, ce serait une faiblesse impardonnable. Finalement, Keira retrouve la parole.

– Dieu merci, j'ai un stérilet, au moins nous n'avons pas à nous inquiéter pour ça.

La façon dont elle le dit m'exaspère au point de me paralyser complètement. Si je la cogne maintenant, elle ne s'en remettra jamais. Alors, tel le diable jouant les gentlemen, j'attrape ma veste de costume et je la lui tends.

– Couvre-toi. Personne ne doit voir ces seins, ce cul ou cette chatte à part moi.

Ses yeux verts lancent des étincelles, on dirait des émeraudes. Elle s'enveloppe dans ma veste et se redresse, droite comme la justice, à nouveau pleine de cette fierté indomptable.

– Va te faire foutre, Mount. Parce que c'est la seule façon dont tu jouiras à nouveau de ce marché.

À cet instant, je suis carrément au-delà de la colère. Une envie irrésistible de rire m'envahit, mais je résiste. Elle sort de la pièce, vêtue de ma veste et de rien d'autre. V l'attend derrière la porte, prêt à l'escorter jusqu'à sa chambre, je n'ai donc pas à m'en inquiéter. Non, la seule chose à laquelle je dois penser, c'est jusqu'à quel point elle se trompe et comment je vais trouver une façon d'entrer à nouveau dans ce petit con étroit. Je n'ai aucune autre alternative et sa bonne volonté n'est pas négociable.

Voilà une chose pour laquelle je ne ferai pas de compromis.

Lorsque j'entre dans la douche de ma salle de bains, une demi-heure plus tard, je pense à combien ça va être bon d'obtenir ce que je désire. Encore. Et encore. Keira peut se mentir autant qu'elle veut, moi je connais la vérité.

– Merde.

Je jure lorsque le jet d'eau atteint les marques de dents qu'a laissées sur mon dos ma petite furie irlandaise. Elle était sublime, putain. Non, pas au passé. Elle est. Même lorsqu'elle est partie sans rien sur elle à part ma veste, elle levait bien haut la tête, fière comme elle est. La plupart des hommes n'osent pas me regarder dans les yeux, mais cette femme n'a pas peur de me déclarer une guerre sans merci. Si elle croit que le fait de me maudire va me pousser à la larguer plus vite, elle se trompe. Elle m'amuse. Elle me défie. Et bon Dieu, elle me fait enrager au point que la seule chose que je puisse faire, c'est de la baiser pour la soumettre. Ce dont, heureusement pour nous deux, elle a grand besoin, qu'elle s'en rende compte ou pas. Je repasse la scène de ce soir dans ma tête, depuis l'instant où elle est entrée dans la salle à manger, dans cette robe. Ses seins splendides s'exposaient juste comme je le désirais, les fentes de chaque côté de sa robe mettaient en valeur ses jambes à chaque pas qu'elle faisait. Mes doigts se resserrent autour de ma queue, je l'imagine qui s'avance vers moi comme une reine qui daigne accorder une audience à un manant.

Elle dit que je suis arrogant, mais chaque fois qu'elle lève son menton hautain, j'ai envie de la prendre sur mes genoux et de lui administrer une fessée, ce qui me fait bander encore plus fort. Inutile de me branler sous la douche, j'ai joui il y a peine une heure, mais je ne peux m'empêcher de la voir et de l'entendre dans ma tête.

Va te faire foutre, Mount. Jamais je ne me mettrai à genoux pour toi.

Oh mais si, tu le feras, Keira. Tu le feras. Et je m'assurerai que tu adores chaque seconde.

Une main plaquée sur le mur en pierre de la douche, de l'autre je serre ma queue plus fort et je me mets à me branler en imaginant ces lèvres rouges en colère devenir douces et pulpeuses, après que je l'ai repoussée assez pour qu'elle me supplie d'arrêter parce qu'elle n'en peut plus et qu'elle promet de faire tout ce que je veux. C'est alors qu'elles entoureront ma bite.

Mes couilles se contractent à cette idée et je me masturbe plus vite et plus fort.

Merde, je n'ai même pas besoin qu'elle soit à genoux. Il suffit qu'elle laisse pendre cette épaisse chevelure rousse sur le bord du lit. Je lui baiserai le visage et je lui apprendrai à avaler chaque goutte sans haut-le-cœur.

Ma bite se contracte, mon orgasme arrive plus vite que je l'aurais cru, puisque je viens déjà d'en avoir un. Mais ce n'est pas moi, c'est la pensée de ses gémissements pendant qu'elle suce et lèche ma queue chaque fois que je me retire avant d'éjaculer dans sa bouche en regardant mon sperme couler de ses lèvres boudeuses.

Elles sont à moi.

Lorsque mon foutre gicle sur le mur de pierre de ma douche, je jure que c'est la dernière fois. Elle ne me rejettera jamais plus. Elle m'a peut-être marqué ce soir, mais c'est moi qui l'ai marquée le premier.

Keira Kilgore a besoin d'une autre leçon pour comprendre ce que signifie appartenir à Lachlan Mount.

VINGT ET UN

KEIRA

Lorsque j'ouvre les yeux le lendemain matin, je me redresse d'un seul coup dans mon lit, je ne sais plus ou je suis. Ça m'arrive chaque fois que je me réveille dans cette foutue chambre. Je ne sais jamais si je vais être seule ou qui a bien pu entrer pendant la nuit. Vu la cheminée pivotante que j'ai découverte dans la bibliothèque la première fois que j'ai été livrée à Mount, je sais que l'endroit est truffé de passages secrets et de portes dérobées. Si toutefois, bien sûr, la chambre dans laquelle on me retient prisonnière est située dans le même bâtiment que la bibliothèque. À dire vrai, je n'ai pas moindre idée de l'endroit où je me trouve.

Ce matin, il n'y a personne, c'est un soulagement. Je glisse mes jambes hors des couvertures. Des muscles dont j'ignorais jusqu'à l'existence se rappellent à ma mémoire en se contractant comme pour protester. Je tente de me concentrer sur ma main blessée, mais ça échoue misérablement parce que je ne pense qu'à la douleur que je ressens à l'entrejambe. C'est comme si je sentais encore ses mouvements de piston à l'intérieur de mon corps.

Dans ma vie, je n'ai eu qu'une expérience sexuelle qui se rapprochait de ce que j'ai vécu hier soir, c'était la première fois avec Brett. Ça n'a jamais été aussi bon ensuite. Probablement parce que je l'ai épousé au bout de vingt-quatre heures à peine et qu'il n'a pas jugé utile de réitérer ses exploits.

Je repousse cette pensée, mais celle qui suit n'arrange rien.

Je ne comprends pas comment c'est arrivé, la nuit dernière. Je me dirige alors en titubant vers l'immense salle de bains, j'ai l'impression d'avoir été eue. Possédée. Utilisée. Mais pas d'une manière désagréable. Ou peut-être pas de la manière désagréable que j'imaginais.

Je rentre dans la douche et j'ouvre le robinet d'eau chaude. J'ai passé une demi-heure là-dessous la nuit dernière afin d'effacer les traces de son corps sur le mien, mais ça n'a pas marché.

Je le sens encore partout.

Pendant que j'attends que l'eau se réchauffe, je brosse ma masse de cheveux emmêlés. Je commence à m'habituer à ma nudité alors qu'avant, cela me gênait. Je suppose que c'est parce que je n'ai aucun vêtement et donc pas le choix de faire autrement. Je note de lui en parler aujourd'hui. Cette connerie de n'avoir qu'un seul vêtement à la fois doit vraiment cesser.

Lorsque je repose la brosse sur le comptoir, j'aperçois quelque chose dans le reflet du miroir. Sur ma hanche. Et autour de mes fesses. Je tends le cou par-dessus mon épaule pour mieux voir et je le vois ; ou plutôt, je les vois. De légers bleus en forme d'empreintes digitales. Cet enfoiré m'a laissé des marques. Une colère noire, à laquelle je m'attendais, monte en moi.

Je le traite de tous les noms en entrant dans la douche. Je ne peux pas effacer ces trucs. Je ne peux pas non plus gommer mes souvenirs. Je déteste réaliser qu'ils s'emparent de moi si violemment. La colère s'évacue lentement, pour faire place à la honte. Je ne peux prétendre que je n'étais pas consentante la nuit dernière. Je l'ai supplié lorsqu'il m'a agrippé les hanches et qu'il m'a baisée, plus sauvagement encore. Cet enfoiré a obtenu ce qu'il voulait. Il m'a manipulée. Il m'a rendue dingue. Mais il n'y a aucun doute, j'ai fini par le supplier de continuer. La honte me monte aux joues, deux traînées humides se forment. Je refuse d'admettre que ce sont des larmes. Je me mens à moi-même, et de mieux en mieux. Je frappe le mur de la douche avec la paume de mes mains et je penche la tête en avant en laissant l'eau couler sur moi. Pour me laver. Pour effacer mes péchés.

Au bout de longues minutes, je renifle une dernière fois et je me redresse avec un nouveau mantra qui me martèle le crâne aussi fort que ce que je ressens entre les cuisses.

Lachlan Mount ne me brisera pas. Il peut me baiser. Il peut jouer avec ma tête. Mais jamais il ne me brisera.

Je m'essuie les yeux d'un revers de main et je me fais la promesse qu'il ne me fera plus jamais pleurer. Il n'en vaut pas la peine. Je le hais.

La violence de mes sentiments n'a pas diminué. Elle s'intensifie chaque fois que mon corps me fait faux bond. C'est humiliant de tant jouir de ce qu'il me fait subir. Je suis certaine que cela le ravit.

Une volonté de fer ne me sera d'aucune utilité face à Mount. C'est du titane qu'il me faudra.

La seule personne qui peut décider de qui m'humilie, c'est moi, et je ne lui donnerai plus jamais ce pouvoir.

Je l'emmerde.

Je le sais, même si tout en moi me crie le contraire.

Magnolia m'avait dit qu'il n'y avait pas de mal à y prendre du plaisir, mais elle n'a jamais eu à faire à Mount. Ou peut-être que si ?

Je me souviens que mon sac est dans la chambre. La Balafre ne me l'a pas pris la nuit dernière, mais j'étais trop en pétard pour songer à utiliser mon téléphone.

Dès que je sors de la douche, j'envoie un texto à Magnolia. Elle ne se lèvera sans doute pas avant midi, mais il faut absolument que je déjeune avec elle. Il faut que je sache si elle a réussi à découvrir autre chose depuis que cette catastrophe a commencé. J'ai besoin de munitions contre Mount si je veux gagner cette bataille, sans parler de tout ce qui pourrait me donner de la force contre lui. Magnolia m'a prévenue de ne pas le laisser entrer dans ma tête. Or, je suis en train d'échouer de façon aussi spectaculaire que les USA dans leur guerre contre la drogue. Magnolia va m'aider. Elle a de la sagesse à revendre. Et, au pire, parler avec elle me permettra de regagner un semblant de normalité.

Lorsque j'éteins la douche un quart d'heure plus tard et que je m'enveloppe dans l'un des draps de bain moelleux hyper-luxueux, je m'arrête net en essayant d'en attraper une autre sur le porte-serviettes chauffant pour m'essuyer les cheveux. Je ne suis plus seule. Mount est nonchalamment appuyé contre le chambranle de la porte.

Je réagis illico à cette véritable invasion.

– Je ne peux même plus prendre une douche tranquille ?

– Tu fais ce que je t'autorise à faire. Pas plus, pas moins.

J'attrape une seconde serviette comme si de rien n'était et j'en fais un turban autour de ma tête.

– Tu peux arrêter les clichés ? Il est trop tôt pour ce genre de conneries.

Je me tourne vers le miroir, bien décidée à ignorer sa présence, mais j'échoue. Je suis certaine de le voir retenir un petit sourire.

– Quoi ? Tu ne vas pas essayer de me balancer que tout ceci n'est pas nouveau ? Que je n'ai rien de spécial ?

Je ne sais pas pourquoi je me moque de lui. Probablement parce qu'il me rend complètement dingue.

Je me penche vers la glace en prétendant examiner ma peau, tout en tentant d'attraper les crèmes de beauté de luxe qui m'ont été fournies, mais je suis subjuguée par son visage et ses constants changements d'expression. Ils sont trop rapides pour que je puisse les comprendre, j'aimerais bien pouvoir lire dans ses pensées aussi facilement qu'il semble lire dans les miennes.

– La buée était trop épaisse pour pouvoir te voir. Je me demandais si tu allais sortir un jour de cette damnée douche. Tu me sens encore ?

Je me retourne et je lui balance un des flacons.

– Va te faire foutre !

Son sourire devient dur et glacé.

– Je l'ai déjà fait hier soir moi-même dans ma douche et, putain, je ne vais pas recommencer puisque tu es là et que tu peux répondre à tous mes désirs.

Je ne peux m'empêcher d'imaginer comment j'aurais sorti les griffes s'il m'avait forcée à le branler sous la douche après notre dernière confrontation.

– Dans tes rêves !

Son sourire se transforme, découvrant à présent ses dents.

– Dépêche-toi. Tu as rendez-vous avec ton banquier ce matin pour ne pas être déclarée insolvable et orientée vers le service du recouvrement des dettes.

Je reste bouche bée.

– Comment es-tu au courant ?

Il ricane.

– Comment peux-tu imaginer que je l'ignore, c'est franchement insultant.

– Quelle heure est-il ?

Je regarde partout autour de moi, mais c'est inutile, il n'y a pas la moindre horloge dans cette foutue geôle. C'est comme être dans un casino, mais sans l'amusement et en beaucoup plus dangereux.

– Il te reste moins d'une heure pour y être. Alors, je te suggère de te dépêcher.

– Merde !

Je crache ce juron, je sais que ce n'est pas très féminin, mais j'ai été élevée entourée d'hommes dans une distillerie.

– Alors, putain, fiche le camp pour que je puisse me préparer.

Je m'attends à un autre regard impérieux ou à un sourire suffisant suivi de l'affirmation qu'il n'a pas à bouger d'un pouce, mais au lieu de ça, il se retourne et disparaît dans la chambre à coucher.

En réalité, c'est surprenant. Et plus inquiétant que je veux bien l'admettre.

Je me prépare à toute vitesse en tentant de me composer le visage le plus professionnel possible, avant d'entrer dans le dressing où, bien entendu, une seule tenue m'attend. Cette fois, c'est une robe portefeuille en tissu soyeux d'un noir profond. La même couleur que celle du costume parfaitement bien coupé de Mount.

Et, ô miracle, il y a un string coordonné et un soutien-gorge pigeonnant qui convient parfaitement au décolleté de la robe. La même chaîne en or que la nuit dernière, avec son cadenas, pend sur le cintre. Je l'ignore. Il n'a pas remarqué que je ne la portais pas la nuit dernière, il n'y fera peut-être pas attention ce matin non plus. Le fait de ne pas la porter n'a pas grande importance, mais si ça m'aide à garder un semblant de contrôle, c'est toujours ça de pris. J'enfile une paire de chaussures de luxe noires à liseré or et je me dirige vers la chambre en m'attendant à y trouver Mount assis sur le lit. Mais il n'y est pas. Je le trouve dans le salon, vautré sur une chaise à côté de la table qui avait été dressée hier soir. Elle est vide ce matin.

– Merde, mon manteau !

Je m'arrête, prête à me précipiter dans la chambre à coucher pour l'attraper et courir ensuite vers la porte de ma cage.

– Tu n'oublies rien ? demande Mount.

Le fichu collier. Bien entendu, il faut qu'il en fasse une histoire.

– Très bien.

Je tourne sur moi-même, furieuse de lui céder, mais c'est uniquement parce que je ne peux pas me permettre d'arriver en retard à ce rendez-vous. Hors de question.

Mount avait raison. Mon gestionnaire de compte est en pétard, parce que nous ne remboursons que le minimum chaque mois, alors même que nous continuons à emprunter. Aujourd'hui, c'est ma seule chance de le convaincre que le chèque des Voodoo Kings qui va arriver sera assez important pour que *Seven Sinners* ne tombe pas dans la catégorie « entreprises en redressement ». Je n'ai aucune envie que la société se retrouve entre les mains d'un liquidateur judiciaire qui me dira que je dois fermer mon entreprise, payer mes dettes à la banque et disparaître. J'ai déjà vendu mon corps au diable pour sauver *Seven Sinners*, à présent je vais devoir offrir mon âme à une banque pour lui permettre de survivre. J'attrape le collier et je réalise alors que le cadenas n'est pas seulement un charm. Il permet de fermer les deux extrémités de la chaîne, comme un putain de collier de chien.

Tu te fous de moi ou quoi ? Cela me révolte plus que tout au monde, mais je n'ai pas le temps. Je n'ai pas la clé non plus. Mais je sais pertinemment qui l'a. J'entre dans le salon en tendant l'objet.

– Je ne peux pas le mettre. Il faut une clé.

La main de Mount disparaît dans la poche de sa veste de costume et en ressort avec un petit éclair doré. Je lui tends la chaîne.

– Tu es très accommodante ce matin, malgré ton attitude de tout à l'heure.

– C'est parce que je n'ai pas de temps à perdre avec toi. J'ai des choses plus importantes à régler.

Mount prend une expression amusée.

– Tu ne sais pas à quel point tu te trompes. Il faut que tu apprennes qui sont tes vrais ennemis, ma fille.

– Ne m'appelle pas comme ça.

– Je t'appellerai exactement comme je veux.

Il ouvre le collier.

– Tourne-toi.

Je pivote, lui offrant mon dos, et stupide que je suis, je n'ai pas peur de ce qu'il pourrait me faire. Je devrais avoir peur. C'est indispensable. Mais cette peur me dévorerait plus encore que l'homme lui-même, et je me refuse à battre en retraite.

Les doigts de Mount, incroyablement chauds, glissent le long de mes clavicules jusqu'à ce qu'il ait placé la chaîne à quelques centimètres de ma gorge. Lorsqu'il referme le cadenas, le clic est presque inaudible, mais son contact me fait frissonner lorsqu'il tourne le collier pour placer le verrou devant.

– N'essaie pas de l'ouvrir sans la clé, il ne cassera pas.

J'ai une folle envie de répliquer, mais je n'en ai pas le temps.

– Peu importe. Maintenant, où sont La Balafre et sa capuche pour que je puisse retourner au boulot ?

Un nouveau sourire apparaît sur les lèvres de Mount.

– Tu oublies ton dernier accessoire.

Oh, bordel de Dieu ! S'il parle de ce vibromasseur, je vais le trucider, mais là encore, je n'ai pas le temps.

– Où est-il ?

Je pose la question sur un ton sec, exaspéré.

Le sourire de Mount se fait plus paresseux quand il me tend une boîte noire qui semble différente de celle d'hier. Un frisson glacé m'envahit lorsqu'il l'ouvre.

Oh, Seigneur, non !

Il y a des choses que je me refuse à faire. Je ne suis peut-être pas une fille parfaite comme Imogène, mais je ne suis pas non plus une fille facile comme Jury. Et je n'ai jamais ouvert et je n'ouvrirai jamais ma porte arrière pour le boulot.

– Non.

Je fixe le plug anal noir et or dans son écrin de velours noir. Mon refus est sans appel.

Mount serre la boîte un peu plus fermement.

– Il va falloir que tu oublies ce mot quand tu auras affaire à moi. Cela t'évitera bien des problèmes.

– C'est. Hors. De. Question, dis-je en appuyant sur chaque mot. Je ne vais pas porter ça.

Le regard sombre de Mount devient brûlant.

– Tu n'as donc pas compris lorsque je t'ai dit que j'allais utiliser tes mains, ta bouche, tes seins, ta chatte et ton cul ? Parce que ce n'est pas négociable. Tu as accepté. De ton plein gré.

Je refrène une réplique acerbe. Mon cul est un territoire vierge, et c'est ainsi que je désire qu'il reste jusqu'au jour où je serai inhumée dans le caveau familial.

– Tic. Tac. L'heure tourne, Keira. Tu veux aller à ton rendez-vous ou pas ? Parce que je sais pertinemment que Lloyd Bunt ne t'offrira pas l'opportunité de le repousser avant de remettre ton dossier au service contentieux. Alors, tu vas devoir me laisser souiller ton petit corps pur pour sauver ta précieuse entreprise, qui va s'effondrer de toute manière.

– Je te hais, putain.

Les mots sortent tout seuls de ma bouche, malgré moi.

– Ça ne fait pas la moindre différence en ce qui me concerne, me répond-il avec ce même sourire et un éclair dans le regard. Tu m'as dit que tu refusais de t'agenouiller devant moi pour me sucer et j'ai déjà eu ta chatte. Tes seins ne me suffisent pas pour aujourd'hui, du coup ça ne me laisse qu'une seule option. Ne me dis pas que tu ne t'es jamais fait enculer ? Mais vu la peur que je lis dans tes yeux et la façon dont ta veine jugulaire bat la chamade, je jurerais bien que la réponse est non.

Je secoue la tête.

– Et je ne vais pas commencer aujourd'hui.

– De ton plein gré, répète-t-il.

Je meurs d'envie de reprendre ma parole donnée. Mount referme la boîte et me la tend. Mes doigts se referment instinctivement dessus et je recule.

– Ma queue ne rentrera pas dans ton petit trou de balle, vu la trique que tu m'as provoquée, alors il vaut mieux l'élargir un peu avant.

Il me montre la salle de bains d'un mouvement de tête.

– Le lubrifiant est dans le tiroir du bas. Mon conseil ? Vas-y franco. Et tu ne vas pas partir sans ce plug dans ton cul, alors tu as intérêt à te dépêcher si tu veux te rendre à ton rendez-vous.

La rage, cette compagne de tous les jours, m'envahit à nouveau pendant que je m'éloigne de l'homme que j'aimerais descendre d'un coup de revolver. Ce ne serait une perte pour personne. Toute La Nouvelle-Orléans se réjouirait de sa mort. Enfin, je crois.

Je contrôle ma démarche et mon regard jusqu'au moment où mes talons hauts tintent sur le sol en marbre de la salle de bains. Je claque la porte derrière moi.

J'appuie la tête dessus quelques secondes en fixant la boîte noire dans mes mains. C'est comme si j'avais soudain développé une vision aux rayons X. Je peux parfaitement voir ce qu'elle contient. Je me retourne pour faire face au miroir, mon visage affiche une expression outragée et horrifiée qui correspond parfaitement à ce que je ressens en ce moment.

Je ne peux pas faire ça. La fille dans le miroir en est sûre à cent pour cent. La voix intérieure qui combat ma colère lui répond : *Bien sûr que tu peux le faire. C'est un plug anal, pas un shoot d'héro. Arrête de jouer les chochottes et trouve ce lubrifiant pour que tu puisses enfin aller voir tes banquiers et agir en P.-D.G.*

En m'accroupissant, j'ouvre le tiroir du bas. Je trouve le lubrifiant exactement là où il m'a dit qu'il serait. Le sale bâtard. Cette insulte devient répétitive, même à mes oreilles. Il faut que je trouve autre chose qui corresponde mieux à mon niveau de fureur actuel. J'ouvre le couvercle de la boîte et je sors le plug d'une main. De l'autre, je tiens le lubrifiant.

Tout ce que j'ai à faire, c'est le recouvrir et me l'enfiler. Je peux y arriver. Mon anus se contracte violemment, il me répond par un *c'est hors de question* flagrant. Mais si je rate ce rendez-vous et que le prêt de *Seven Sinners* atterrit au service contentieux, mon père sera mis au courant et… je ne veux même pas envisager cette éventualité.

J'ouvre la bouteille de lubrifiant et j'en verse sur le plug noir et or. Pas besoin d'être un génie pour comprendre comment s'en servir, et je suis certaine qu'il y a des années Magnolia m'avait offert un kit d'entraînement anal, comme un gag qui n'en était pas vraiment un. La base du plug recouvert de lubrifiant dans une main, je baisse mon string de l'autre en me lançant un regard d'encouragement dans le miroir.

Vas-y, enfonce-le. Je ferme les yeux et je le fais passer sous ma robe en me disant que j'aurais mieux fait de l'enlever d'abord. Je l'appuie contre le trou que je m'étais jurée de conserver intact et j'essaie de me mettre à pousser, mais je ne peux pas.

Je ne peux tout simplement pas.

Avec un sanglot de dégoût, je jette le plug dans le lavabo, remets mon string et agrippe le comptoir à deux mains.

Je suis une trouillarde. Et j'aurais vraiment dû utiliser ce kit d'entraînement anal.

On frappe à la porte.

– Tu n'as plus que vingt minutes. Avec les embouteillages, tu peux encore arriver à temps si tu te dépêches.

Je me retourne d'un seul coup, le regard furibond, en souhaitant qu'il soit capable de carboniser tout ce qu'il rencontre. J'ouvre la porte si violemment que je prends Mount par surprise. Il est debout dans l'encadrement de la porte. Il me jette un regard arrogant, sourcil haussé. Il m'observe un moment.

– Tourne-toi et penche-toi en avant.

– Non.

Son expression s'assombrit, mais ses yeux lancent un éclair d'intérêt.

– Toi et ce mot ! Est-ce que, par hasard, tu désobéis à mes ordres ?

Je déglutis. Il m'est impossible de lui avouer que je ne peux pas le faire. Je déteste cette faiblesse en moi presque autant que je le déteste lui. Mais l'heure tourne, je n'ai pas le temps de laisser ma fierté m'empêcher de sauver mon héritage familial. J'ai déjà sacrifié trop de choses.

– Je ne vais pas le faire.

Il plisse les yeux et lit en moi bien trop aisément à mon goût.

– Oh si, tu vas le faire, mais ce n'est pas ça que tu me dis. Tu ne raterais pour rien au monde ce rendez-vous. Alors, soit c'est que tu ne peux pas le faire, soit tu ne le feras pas. C'est quoi, Keira ? Es-tu entêtée ou juste timide ?

Ses yeux brillent, comme si les deux possibilités l'excitaient tout autant.

– Est-ce que ça a la moindre importance ?

– Plus que tu ne le crois.

Alors que j'hésite à répondre, il jette un œil à sa montre et je me rappelle qu'il faut que je sorte d'ici le plus vite possible. C'est la seule chose qui me fait lui avouer la vérité.

– Je ne peux pas.

Il perd son air sombre, et son regard noir se met à briller.

– Demande-moi.

Il n'a pas besoin de développer, je sais parfaitement ce qu'il veut. N'importe quel autre jour, je lui dirais d'aller se faire foutre, mais je n'ai pas ce luxe aujourd'hui.

– J'ai besoin d'aide.

Je lance ces mots avec autant d'enthousiasme que si j'avouais un meurtre. Enfin, n'importe lequel, sauf le sien.

– De l'aide pour quoi, Keira ?

Oh, ce fils de pute !

– Je te déteste.

– C'est difficile à oublier, tu me le dis tout le temps. Et pour être honnête, je commence à en avoir marre. Maintenant, putain, demande-moi précisément ce dont tu as besoin.

Je baisse la tête vers le lavabo.

– Aide-moi à mettre ce truc.

– Tu veux que je t'aide à enfiler ce plug anal dans ton petit trou du cul pour pouvoir l'élargir et ensuite le baiser, parce que ça te fera jouir comme tu n'as jamais joui jusqu'à présent ?

Je serre les dents, et pour la première fois de ma vie, je me demande si ce qu'il dit est vrai. Magnolia jurait que je ratais quelque chose, d'où le kit d'entraînement anal.

Il joue encore avec mes nerfs. C'est tout.

Je ravale ma curiosité avant d'aboyer :

– Oui.

Avec un petit sourire de satisfaction, il avance vers le lavabo.

– Au moins, je ne peux pas dire que tu n'as pas essayé.

Il se penche pour ouvrir le tiroir du bas où j'avais trouvé le lubrifiant et en sort une sorte de spray et une serviette bien pliée, qu'il dépose à côté du lavabo.

– Nettoie-le et apporte-le au salon avec le lubrifiant.

Je n'arrive même pas à me regarder dans le miroir pendant que je lave le plug, que j'utilise ensuite le désinfectant et que je l'essuie. Je ne sais pas si c'est parce que je n'ose pas affronter ma honte ou bien parce que j'ai peur de lire une lueur d'excitation. Il n'y a pas de doute, les ordres de Mount m'affectent, comme une sorte de magie noire. Mes tétons durcis qui transparaissent à travers ma robe et le tissu humide de mon string en sont la preuve.

Je traverse donc la chambre avec le plug et le lubrifiant comme si je montais à l'échafaud. Mount est assis sur la même chaise que tout à l'heure, mais cette fois il l'a repoussée plus loin de la table. Je foule le tapis épais. Mes mains commencent à transpirer lorsque je m'arrête devant lui. Il me prend les deux objets et je commence à me retourner en me doutant qu'il va me demander de me pencher en avant.

– Arrête-toi.

Son ordre me stoppe dans mon mouvement et je jette un regard par-dessus mon épaule.

– Quoi ?

– Montre-moi ta main.

Je suis étonnée qu'il se rappelle ma blessure.

– Ça va. Je vais bien.

Je lui montre vite fait, pour la reposer contre moi afin qu'on en termine vite, mais il m'attrape le poignet. Il examine la blessure un moment avant de lever les yeux.

– Crois-moi, ça va aller. Tu ne sentiras presque plus rien demain.

– Je sais. Je…

Avant que je puisse terminer ma phrase, il me coupe en me lançant un nouvel ordre qui me déstabilise complètement.

– Sur mes genoux.

Je tourne la tête vers lui et je le regarde comme s'il était dingue.

– Tu plaisantes !

Il plisse les paupières, et mon affirmation me paraît soudain complètement débile. Mount ne plaisante jamais.

– Bon.

Je tente de me raccrocher à ma fierté, mais elle est déjà en train de s'évanouir lorsque je m'allonge à plat ventre sur ses genoux comme un enfant qui a fait une bêtise et qui va recevoir la fessée. Sa main caresse l'arrière de mes cuisses, ce contact me fait sursauter. Je parviens à rester muette en me mordant les lèvres lorsqu'il remonte ma robe, découvrant ainsi complètement mes fesses uniquement revêtues de son string. Je m'attends à ce qu'il soit dur et froid, mais ce n'est pas le cas. Ses doigts effleurent les légers bleus que j'ai aperçus dans ma douche, et mon épiderme réagit.

– Ça te fait mal ?

Sa question me prend au dépourvu.

– Comme si tu en avais quelque chose à faire.

Les paumes de ses mains appuient alors sur mes fesses, assez fort pour faire pression sur mes bleus. Mes cuisses se contractent involontairement.

– Je veux que tu répondes à ma question.

– Non, d'accord ? C'est comme ça les peaux claires. Je marque facilement. Ce n'est pas grave.

– C'est une chance pour moi, qui aime bien voir mes marques sur ton corps. C'est bon à savoir qu'il est si facile et que ce n'est pas douloureux d'obtenir ce que je désire.

Avant que je puisse trouver une réponse bien sentie, il relâche sa pression et glisse un doigt le long de la ficelle du string, là où elle est coincée entre mes deux fesses qui se contractent. Ma réaction le fait un peu rire, mais il n'arrête pas pour autant son exploration tranquille en passant le bout de son doigt sous la ceinture et en le faisant glisser de part et d'autre. Chacun de ses mouvements est délibéré. Il me fait apprécier quelque chose que je voudrais détester, et la pression de son sexe contre mon bas-ventre m'indique qu'il apprécie beaucoup, lui aussi. Cela ne devrait pas me faire plus d'effet que ça, pourtant c'est le cas.

– C'est dans cette position que je vais te fesser pour ton mauvais comportement permanent.

Sa remarque est désinvolte, mais je me raidis sur-le-champ.

– Tu ne vas pas… je commence, mais il termine ma phrase pour moi.

– Oser ?

Une claque atterrit sur mes fesses, assez forte pour me piquer avant que j'en ressente la brûlure.

– Tu n'as pas la moindre idée de ce que je pourrais oser faire te concernant.

Il attrape la ceinture avec un doigt et baisse mon string en forçant le passage entre mes cuisses serrées.

– Est-ce que tu mouilles déjà pour moi, Keira ?

La question est posée sur un ton calme, mais dégage autant de puissance que ses ordres les plus violents.

Comme je ne réponds pas tout de suite, il me soulève les hanches en appuyant son érection contre mon ventre. Impossible pour moi de ne pas remarquer le volume de son sexe dur.

– Parce que tu me fais bander.

Je retiens mon souffle en tentant de trouver une pensée qui me recentre et me fasse oublier à quel point je suis excitée. La réunion.

– Je n'ai pas le temps pour ça. Nous devons nous dépêcher.

Sa voix n'est plus qu'un grondement sourd quand il me répond.

– Tu as de la chance que je veuille que tu assistes à cette réunion, sans ça je ne t'aurais pas laissée quitter cette pièce. Te torturer en te refusant l'orgasme pourrait bien devenir un de mes jeux favoris.

Cette fois, je garde les lèvres closes en supposant que moins je parle, plus vite on en aura fini, bien que mon corps me hurle de prendre mon plaisir à chaque instant. Deux de ses doigts glissent entre mes cuisses, repoussent mes lèvres trempées et se mettent à masser mon clitoris. Je me tords sur ses genoux avec une envie folle soit de jouir, soit qu'il me libère, mais je sais que cela ne sera ni l'un ni l'autre.

– Tu mouilles tellement pour moi.

J'ai envie de lui balancer que ce n'est pas à cause de lui, mais à nouveau, le temps… et la damnation éternelle de mon âme pour avoir menti.

Alors que ses doigts jouent avec mon fluide en écartant mes petites lèvres et en massant mon clitoris, il murmure :

– Finalement, tu es gentille. Si docile, quand je joue avec ta chatte douce et trempée.

J'aimerais bien prétendre que je ne suis pas docile du tout, mais il donne une petite pichenette à mon clito qui déclenche en moi une vague de plaisir. C'est à ce moment-là qu'il intensifie un peu le jeu en humidifiant ma raie et en tournant paresseusement autour de mon anus pour le recouvrir de mon propre fluide. Il appuie ensuite un doigt très légèrement contre ce trou défendu, et je me raidis.

– Détends-toi. Je veux vraiment faire en sorte que tu prennes ton pied.

Ses paroles sont une promesse, et ça me terrifie de penser que ça pourrait bien être vrai. Il répète le processus avec un autre doigt, cette pression légère, et mes hanches appuient plus fort contre ses cuisses.

– Tu peux prétendre que tu n'aimes pas ça, mais tu aimes ma façon de jouer avec ce trou du cul vierge tout serré, autant que tu as aimé quand je t'ai sautée sur la table hier.

Je ne peux pas le nier. J'en suis arrivée à un point où les mots ne sont plus une option et si j'ouvre la bouche, le seul son qui en sortira sera un gémissement. En plus, s'il peut m'enfoncer ce plug sans me faire mal, je ne vais pas discuter. J'ai conservé un vague sens de l'autopréservation.

Il change de main et tend le bras entre mes jambes pour atteindre ma chatte. Il enfonce un long doigt, épais, jusqu'à ce que je me torde contre lui.

Il essaie d'ajouter un autre doigt, le conduit étroit résiste un peu avant qu'il parvienne à l'enfoncer aussi.

– J'ai du mal à croire que ma grosse queue puisse entrer dans ce petit con étroit.

Je perds la notion du temps pendant qu'il me baise lentement avec son doigt tout en caressant mon clitoris. Je suis l'esclave de sa voix grave qui me raconte toutes les cochonneries qu'il veut me faire et le plaisir que cela me procure quand il le fait.

– Tu as de la chance que je me fiche que tu mouilles mon pantalon. Tu es en train de le bousiller, Keira.

Il penche la tête pour murmurer à mon oreille.

– En réalité, j'adore ça.

Je n'ai même plus honte. Je désire tout ce qui est en train de m'arriver, plus que je n'ai jamais rien désiré de toute mon existence. J'ai tellement envie de jouir que j'ai tout oublié, à part ça.

– S'il te plaît.

C'est un chuchotement, et je ne me rends pas compte tout de suite qu'il vient de moi.

– Ce mot sur tes lèvres.

Il accentue la pression sur mon clitoris avant d'enfoncer deux doigts en moi de nouveau.

– C'est la chose la plus sexy que j'ai jamais entendue. À part peut-être tes gémissements quand ton con s'est contracté autour de ma queue lorsque tu as joui la nuit dernière.

Sa main ne quitte pas mon sexe, elle en titille l'entrée ainsi que mon clito, en poussant à l'intérieur, jusqu'à ce que je sois sur le point de le supplier à nouveau. C'est alors que quelque chose de froid coule le long de ma fente qui me surprend.

– Chuttt. C'est juste le lubrifiant. Je vais ensuite entrer un doigt dans ton petit trou du cul vierge, et tu vas aimer autant que quand je fais ça.

Il appuie sur mon clito, ce qui déclenche l'orgasme qui montait depuis qu'il a commencé ce jeu dangereux. Des vagues d'extase me submergent pendant que Mount dessine des cercles de plus en plus appuyés sur mon anus, sans arrêter de solliciter mon clito. Mon cerveau est coupé en deux, je suis incapable de ressentir la jouissance et de la crainte en même temps.

– Laisse-moi entrer, Keira. Donne-moi ton cul.

Un autre orgasme monte et je me détends. Le bout de son doigt passe à travers l'anneau serré du muscle. Je ressens les choses intensément. Des terminaisons nerveuses dont j'ignorais l'existence se réveillent et je me contracte à nouveau en le repoussant.

– Ne m'empêche pas d'entrer dans ton cul. Il est à moi, je vais le baiser et, bon sang, tu vas me laisser entrer.

Un second orgasme m'envahit et son doigt s'enfonce loin dans ce trou inviolé qu'il vient de revendiquer. Je chevauche encore les vagues du plaisir qu'il commence déjà des mouvements de va-et-vient, et je me tortille contre lui, sans savoir si j'accentue la pression contre mon clito ou mon cul. À dire vrai, je ne veux pas le savoir. Lorsqu'il ressort son doigt, le tissu de son costume caresse mes fesses. Je sais qu'il tend la main pour attraper le plug et, encore une fois, je me tétanise.

– Tu peux le supporter, Keira. Il est nettement moins épais que ma queue et à peine plus que mon doigt. Non seulement tu vas très bien le supporter mais tu vas adorer avoir le cul rempli avant même que je te dise de l'enlever.

Je ne veux pas le croire, mais la sombre séduction de ses paroles est plus puissante que tout. Sa main droite reprend ses taquineries sur ma chatte et mon clito pendant qu'il appuie le bout du plug sur mon trou refermé.

– Tu es sur le point de découvrir ce que ça fait d'avoir les deux trous remplis en même temps.

Il fait glisser un de ses doigts dans mon sexe et le plug lutte contre la résistance que lui oppose mon muscle avant de glisser à l'intérieur et de me remplir le cul. Je commence à peine à m'adapter à cette sensation, et voilà que Mount me donne un coup sur le clito avec la paume de sa main. Je me cambre en criant, pas de douleur mais de plaisir. Mount se penche sur mon corps, son doigt caresse toujours mon clito hypersensible.

– Voilà ta punition pour t'être masturbée quand je t'avais dit de ne pas le faire.

Quand il dit cela, je réalise que j'ai crié son nom, exactement comme il avait dit que je le ferais. J'aimerais m'en vouloir à mort autant qu'à lui, mais ses mains sont trop occupées. L'une titille mon clito tandis que l'autre appuie sur la base du plug. Mes cuisses, à présent trempées, se pressent l'une contre l'autre tandis qu'un autre orgasme monte en moi. Il s'arrête avant qu'il n'éclate.

– Tu ne veux pas savoir quelle sera la punition si tu enlèves ça avant que je te le dise, n'est-ce pas Keira ?

VINGT-DEUX

KEIRA

Je suis à ramasser à la petite cuillère quand Mount remonte mon string le long de mes jambes et le remet en place en appuyant encore une fois sur la base du plug, ce qui ne manque pas de m'envoyer des répliques de plaisir à travers tout le corps. Littéralement, au figuré et de toutes les manières possibles et imaginables. Il me soulève comme si je ne pesais rien et me remet sur mes pieds, en me retenant par la hanche pendant que l'ourlet de ma robe reprend sa place. Dès que je suis debout, je me rappelle la raison de tout cela.

– Merde ! Je vais être en retard.

Je me penche déjà vers la porte quand la voix profonde de Mount m'arrête.

– Tu as tout ton temps. Ta réunion ne commence que dans une heure.

Je titube, toute la chaleur de mon corps se glace d'un seul coup.

– Tu m'as menti.

Sa seule réponse, c'est un haussement d'épaules plein de dédain.

– Tu…

Il m'interrompt avant que je puisse l'injurier.

– À partir de maintenant, chaque fois que tu me traites de trou du cul, de bâtard ou de n'importe quelle autre insulte, ou que tu me dis que tu me détestes, je vais te jeter sur mes genoux ou t'allonger sur la surface plane la plus proche. Et je te fesserai le con, le cul, ou je baiserai l'un des deux. Personne ne m'adresse ainsi la parole sans en assumer les conséquences et tu viens de le faire pour la dernière fois.

Je ravale l'insulte que j'avais sur le bout de la langue, en me demandant comment je vais bien pouvoir faire pour ne pas l'injurier ou lui dire à quel point je le hais. Il me rend tellement dingue que je n'arrive pas à me contrôler. Personne n'a jamais exercé cette sorte de pouvoir sur moi, et je le déteste pour ça. Je bombe le torse, je me hausse le plus que je peux.

– Tu ne peux pas tout contrôler.

Il se lève.

– Tu n'as jamais eu aussi tort. Prends ton manteau. Tu ne veux pas arriver en retard à ta réunion.

Je le ramasse et l'enfile.

– Ce truc est vraiment moche.

– C'est le seul que j'ai, alors je suppose que tu vas devoir t'y habituer.

Je me refuse à le regarder.

Pendant que je m'avance vers la porte, je sens sa présence juste derrière moi. Son veston frôle mon bras quand il s'avance pour ouvrir la porte et sa chaleur m'enveloppe tout entière.

La porte s'ouvre, je reste bouche grande ouverte, sidérée. Elle était déverrouillée pendant tout ce temps. J'aurais pu m'enfuir. Peut-être dans mes rêves. Je n'aurais pas pu faire deux pas avant que Mount me rattrape. Et qui sait quelle punition il m'aurait fait subir ?

Mes sphincters se resserrent, trop conscients du corps étranger à l'intérieur de mon cul.

La Balafre m'attend dans le couloir avec la capuche. Serait-ce trop espérer qu'il soit sourd en plus d'être apparemment muet ?

– Assure-toi qu'elle arrive à la distillerie avant neuf heures. Reprends-la à six heures. Elle ne va pas travailler tard aujourd'hui, car j'ai d'autres projets.

Je me retourne pour discuter parce qu'il parle à La Balafre comme si je n'étais pas là, mais les traits de Mount paraissent soudain avoir été taillés dans du granit. Je réalise que c'est ce Mount-là que ses employés connaissent. C'est le Mount que tout le monde connaît. Un être implacable, froid, dont les ordres ne sont jamais remis en question. L'homme qui dirige d'une main de fer et sans gant de velours. Quand son regard dur se pose sur moi, c'est comme si j'étais face à une personne différente. Je ne doute pas une seconde que cet homme soit aussi impitoyable qu'il en a la réputation. Ce n'est pas l'homme qui a soigneusement examiné ma main blessée hier soir, avant de la soigner. Ce n'est pas non plus l'homme qui, dans le salon, s'est assuré que j'aie autant de plaisir que possible lors de ma première expérience de sexe anal. Lequel est le vrai Mount ? Est-ce que j'ai envie de le savoir ? Ces questions restent en suspens quand La Balafre me tend la cagoule et m'emporte en silence. Je me dis que je me fais des idées, mais je ne peux m'empêcher de sentir le regard de Mount me brûler le dos lorsque je m'éloigne.

***

– Je ne pense pas que ça nous posera de problèmes de vous accorder un peu plus de temps en attendant ce chèque, Madame Kilgore.

Lloyd Bunt donne son avis à mes seins plutôt qu'à mes yeux. Je ne sais pas si je dois maudire ou remercier Mount d'exciter mes tétons en permanence, parce que c'est ça qui pourrait avoir permis à *Seven Sinners* d'obtenir un délai supplémentaire. Je me renfonce dans mon fauteuil avec un soupir de soulagement, et ce mouvement fait bouger le plug. Je me mets à sourire, bien que ça n'ait aucune importance puisque Bunt a toujours les yeux rivés sur mes seins.

– J'apprécie votre geste. Nous avons plusieurs autres propositions prometteuses qui nous permettront sans aucun doute de renflouer notre compte et de rembourser notre emprunt.

Bunt finit par lever les yeux.

– Je suis ravi de l'entendre. Nous attendrons donc ces paiements dans un proche venir. Et… vous savez, nous devrions sans doute prévoir un autre rendez-vous. Peut-être autour d'un dîner ?

Mon banquier n'est pas en train de me proposer un rendez-vous galant ? Ce n'est pas vrai.

– Je peux réserver une table chez *Galatoire* quand vous voulez.

Si, si. Il est en train de le faire. Super.

Comment répondre avec finesse ? Je ne veux pas qu'il reconsidère l'accord qu'il vient tout juste de passer avec mes seins, je veux dire avec moi. Je cherche désespérément une réponse diplomate.

– Je crois que je vais travailler tard pendant quelque temps pour m'assurer que *Seven Sinners* redevienne rentable.

Bunt sourit.

– Alors, que diriez-vous d'un dîner dans le restaurant d'en haut chez vous ? Un patron peut sûrement prendre un peu de temps pour dîner dans son propre restaurant ?

Il ne va pas me laisser m'en sortir aussi facilement, hein ?

– Bien entendu. À mon humble avis, Odile soutient la comparaison avec les meilleurs chefs en ville.

– Très bien. Alors, que diriez-vous de demain soir ?

Je souris en grinçant des dents. Cet homme ne comprend pas le moins du monde le mot subtilité.

– Laissez-moi vérifier auprès de mon assistante. C'est elle qui gère mon emploi du temps. Je reviendrai vers vous à ce sujet.

– Bien. J'attends votre coup de fil pour demain.

Il me tend sa carte.

– Voici mon numéro de portable. Je ne le donne qu'à mes clients préférés.

– Wouah. Merci. Je ne sais pas quoi dire, je réponds.

– Dites juste oui pour ce dîner, Keira. J'aimerais beaucoup vous connaître un peu mieux.

Finalement, l'excuse que j'aurais dû utiliser dès le début me frappe et je souris tristement.

– Pour votre gouverne, Lloyd, je suis encore… dans une période de deuil, la seule chose dont je sois capable en ce moment, c'est l'amitié.

Son sourire reflète sa sympathie pendant deux secondes.

– Je comprends parfaitement. Je pense que nous pourrions devenir de grands amis, Keira. Cela approfondirait notre relation de travail. Quand je m'intéresse à certains clients, je me donne du mal pour être sûr que leurs dossiers restent sur mon bureau, au lieu de…

Il ne termine pas sa phrase, mais c'est implicite. Si j'accepte de dîner avec lui, il fera en sorte de garder mon dossier hors d'atteinte du service contentieux. Mais je ne suis pas assez naïve pour penser qu'un simple dîner comblera ses attentes.

– Je vous appellerai, Keira.

Il me lance un sourire salace en se levant et en rassemblant les documents de mon dossier pour les ranger dans sa mallette.

Quand il a terminé, il s'arrête.

– J'ai vraiment hâte pour ce dîner.

Pour lui, cela ne fait plus aucun doute. Je hoche la tête pendant qu'il quitte mon bureau et je ne peux m'empêcher de penser que son costume ressemble à un déguisement sur un petit garçon. Rien à voir avec la façon dont Mount porte ses costumes qui soulignent ses larges épaules et sa taille fine.

Mon cerveau indiscipliné ajoute : les larges épaules que tu as griffées avec tes ongles… Je ne devrais même pas comparer les deux hommes.

Et si Mount apprenait ce que Bunt a suggéré… Je frissonne en pensant à ce qui pourrait arriver à mon banquier. Je me demande toujours si Mount a installé des caméras dans mon bureau et, si c'est le cas, est-ce qu'elles enregistrent aussi le son. Je devrais lui poser la question, mais l'homme que j'ai quitté ce matin n'est pas du genre à me donner la moindre réponse.

Je me rassieds et empile les documents de mon emprunt pour les remettre dans leur dossier. *Seven Sinners* sort à peine du rouge. Il faut vraiment que ces soirées aient lieu ou je vais devoir prier pour qu'un miracle survienne. Avant que j'aie le temps de pouvoir réfléchir plus avant, on frappe. Tempérance passe la tête dans la porte.

– Comment ça s'est passé ?

Je lui réponds avec un sourire sincère.

– *Seven Sinners* n'est pas mort. J'espère qu'il va vivre encore longtemps, longtemps.

– Je savais que tu allais y arriver.

Son regard s'arrête sur ma robe.

– Et tes fringues sont parfaites, patronne. C'est malin de ta part de t'habiller de la sorte.

Je ne peux pas lui avouer que je n'ai rien à voir dans ces choix. Je suppose que je devrais être vraiment reconnaissante qu'ils aient joué en ma faveur, même si mes deux dernières victoires professionnelles m'ont laissé un mauvais goût dans la bouche.

Mais ce n'est pas moi la manipulatrice, dans cette histoire, je me rappelle.

Je n'ai pas besoin de me servir de mes lolos pour réussir en affaires, pourtant le point de vue de Mount a encore été vérifié ce matin. Je ne me rendais pas compte de la façon dont les hommes me regardaient et, à présent, j'y suis hypersensible.

Quelqu'un d'autre frappe à ma porte. Je m'attends à ce que ce soit Louis qui entre, mais c'est un visage inconnu.

– Livraison d'un petit déjeuner pour madame Kilgore. La réceptionniste m'a dit de l'apporter ici.

Je suis sur le point de dire que je n'ai pas commandé de petit déjeuner, mais ça éveillerait les soupçons de Tempérance. Je n'ai pas envie de répondre à ses questions.

– Merci. C'est parfait.

Le livreur entre, je cherche de l'argent dans le tiroir de mon bureau pour lui donner un pourboire, mais il le refuse.

– C'est réglé. Bon appétit.

Tempérance se retourne pour le regarder partir.

– Il est mignon. De quel restaurant vient-il ? Je vais peut-être commander des plats à emporter.

– Euh… (J'étudie le sac marron sans le moindre logo.) Tu sais, ce nouvel endroit que je voulais essayer.

Je claque des doigts comme si ce nom m'échappait, frustrée de ne pas trouver de carte agrafée au sac.

– Je parie que ça va me revenir dès que tu auras le dos tourné.

Tempérance me regarde d'un air étrange.

– D'accord. Je te laisse le livreur trop mignon pour toi toute seule si c'est ce que tu veux.

– Ce n'est pas ça…

Elle lève les deux mains.

– Eh, si tu te réserves la primeur, ce n'est pas mon problème.

– Il n'est pas question de primeur. Je suis toute à toi. Je te le jure. Je suis simplement perturbée à cause de ma réunion et de tout le stress avant. Maintenant, je vais devoir trouver comment me dépatouiller de ce dîner avec Lloyd Bunt.

Le dégoût se lit sur son visage.

– Il t'a demandé de sortir avec lui ? Au cours d'une réunion d'affaires ? Ce n'est pas du tout professionnel. En plus il est… beurk.

Elle frissonne pour exprimer son opinion et je suis d'accord avec elle. Lloyd est le dernier homme avec qui j'ai envie de dîner.

Est-ce que Mount ne devrait pas être le dernier homme avec qui tu aies envie de dîner ? se moque mon cerveau logique.

Je lui ordonne de la fermer pendant que j'ouvre le sac marron.

– Je vais manger pendant que c'est chaud.

Tempérance se dirige vers la porte.

– Alors, je te laisse.

Dès que je me rassieds, le plug bouge et mes tétons se dressent sous ma robe. Je tente de l'ignorer, mais c'est impossible. J'ai passé toute la matinée à essayer d'oublier comment la journée avait débuté, et mon string est foutu.

Je me souviens de ce que Mount a dit à propos de tremper son pantalon, et une bouffée de honte me terrasse. Je me demande s'il s'est changé ou si…

Arrête de penser à lui.

C'est presque aussi difficile que d'oublier que je porte un plug anal.

Lorsque je plonge la main dans le sac pour découvrir ce que je vais manger, je découvre un mot dont l'écriture m'est familière.

Mange. Ne sors pas de l'immeuble avant qu'on vienne te chercher.

– Ce fils de pute, je murmure.

Il ne peut pas me punir s'il ne m'entend pas l'insulter.

VINGT-TROIS

KEIRA

– Mais ma vieille, tu es folle ? Déjeuner avec toi dans ton restaurant. Les choses ne marchent pas comme ça, argumente Magnolia.

– Arrête. Tu es l'une de mes plus vieilles amies…

– Et je suis tristement célèbre, alors sûrement pas.

Je repense au mot qui m'ordonnait de ne pas sortir et j'ai besoin d'informations supplémentaires pour gagner le combat pour le salut de mon âme. J'ai déjà accepté de perdre le contrôle de mon corps. Je ne veux pas me couper des gens que j'aime.

– Mais j'aimerais vraiment beaucoup te voir.

– Oui, je sais. Ça me manque de ne plus être aussi proche de toi qu'avant. Tu te rappelles comme on s'était amusées quand on a fêté notre diplôme ? Il faut qu'on remette ça très vite. Après… tout ce truc. Alors, on pourra rattraper le temps perdu. Toute cette époque me manque. Quand trois heures signifiait quitter l'école, au lieu de se lever pour aller bosser.

Son changement de sujet me surprend un moment, puis je me rends compte qu'elle parle en code, comme si elle avait peur que quelqu'un écoute nos conversations téléphoniques.

Ça ne m'étonnerait pas de lui qu'il ait mis mon téléphone sur écoute.

– Ouais, je vois ce que tu veux dire. Ces moments me manquent à moi aussi. Il faudra qu'on se rattrape.

– On le fera un de ces jours.

– À bientôt, Mag'.

– Salut, Ke-Ke.

***

Je me glisse par la porte arrière de l'entreprise afin de rejoindre le chauffeur Uber à qui j'ai demandé de venir me chercher à un pâté de maisons de là. Il est deux heures quarante-cinq, je vais arriver à l'endroit indiqué par Magnolia à trois heures. Tout ce truc de clandestinité est nouveau pour moi.

Lorsque nous nous arrêtons devant ce restaurant miteux où l'on doit passer commande au comptoir, je saute de la voiture. La Lexus de sport rouge de Magnolia est invisible.

Je pousse la porte du restaurant et je jette un coup d'œil, elle n'y est pas. Je m'installe à une table dans le coin le plus sombre et reculé. Si je me penche assez sur la droite, je peux voir qui entre. Magnolia n'est pas connue pour sa ponctualité, mais cette fois, je pensais qu'elle serait à l'heure. À moins que j'aie raté quelque chose dans son massage codé.

Heureusement, deux minutes plus tard, elle entre en courant.

– Désolée, ma chérie. J'ai été bloquée dans les embouteillages.

– Vraiment ? Parce que c'est ton excuse à chaque fois, et il n'y avait pratiquement personne sur la route.

Magnolia hausse les yeux au ciel.

– Je suis contente que tu aies eu cette chance et que tu me connaisses assez pour avoir pigé mon code.

Je me penche sur la table.

– Tu crois vraiment qu'il a piraté mon téléphone ?

Inutile de spécifier à qui je fais référence.

Magnolia se penche, elle aussi.

– Ke-Ke, il pirate ton cul, non ?

Mes fesses se serrent en pensant à ce que j'ai enlevé tout à l'heure quand j'ai reçu un message provenant d'un numéro inconnu qui ne comportait que ces deux mots : *Retire-le.*

Je recule contre le vinyle vert bouteille de la banquette, sans vouloir l'admettre. Mais là encore, Magnolia n'a pas besoin de confirmation. Elle secoue la tête comme si j'étais une élève qui ne comprend pas les règles les plus élémentaires.

– Si tu penses que nous avons plus de dix ou quinze minutes avant qu'il sache exactement où tu es, tu fumes du crack.

Je murmure :

– Il ne peut pas être le grand méchant croque-mitaine que tu décris.

Je ne suis qu'à moitié sûre de dire la vérité après avoir vu à quel point son comportement avait changé quand nous avons quitté la pièce ce matin.

– Personne ne possède ce genre de pouvoir. En outre, je n'ai pas vu la moindre goutte de sang et je n'ai entendu personne crier. À part moi, je rajoute silencieusement.

Magnolia me dévisage en secouant la tête.

– Je t'avais dit qu'il ne se contenterait pas de te baiser, qu'il te baiserait aussi la tronche, et c'est ce qu'il a fait.

– Mais…

Elle lève une main.

– Si tu veux te persuader qu'il n'est pas un fils de pute impitoyable et monstrueusement flippant pour accepter le fait que tu aimes la façon dont il te baise, ça me va. Mais ne pense pas une seconde que c'est la vérité. Parce que ce serait le plus grand mensonge auquel tu t'autoriserais à croire.

Je détourne le regard pour fixer le plateau rouge ébréché de la table. Mes paroles sont quasi inaudibles.

– Alors, comment puis-je me supporter en sachant ce que je l'ai laissé me faire ?

Mon regard replonge dans le sien.

– Je l'ai supplié de le faire.

Mon ventre se noue au fur et à mesure que la honte de ma confession m'envahit. Son regard à elle se fait plus dur.

– Putain, n'éprouve aucune honte à propos de quoi qui se soit passé entre vous. Je te l'ai dit, ce n'est pas quelqu'un avec qui tu es capable de dealer.

Des hommes comme lui n'existent pas dans ton monde. Tu ne peux pas gagner au jeu qu'il joue avec toi. S'il désire une femme, il l'obtient. La rumeur dit qu'il les baise à la folie. Littéralement. Tu te souviens de ces femmes dont je t'avais parlé, qui avaient disparu ? J'ai entendu dire que c'était parce qu'elles étaient devenues dingues de lui, et qu'il devait cesser définitivement leur relation parce que ces putes ne le lâchaient plus. Ne pense pas une seconde que tu peux te battre contre ça et gagner la bataille.

Une pensée me traverse l'esprit.

– Définitivement, tu veux dire qu'il les tue ?

– Je ne sais pas. Peut-être vivent-elles dans des maisons sur la plage, quelque part ? Ou peut-être pas. Mais là n'est pas la question. La question, c'est qu'il faut que tu verrouilles ton esprit et que tu gardes une emprise ferme sur ton cœur et ton âme pendant que tu laisses ton corps profiter de la balade.

– Il a déjà envahi ma tête. Tu m'avais prévenue, et c'est fait. Quand je suis près de lui, et putain, même quand ce n'est pas le cas, il me transforme en quelqu'un que je ne reconnais même pas.

À cet instant, je ne sais plus ce qui me fait le plus peur… Mount ou le pouvoir qu'il a sur moi.

– Tu dois te battre. Continue à lutter.

Je laisse échapper un rire mauvais.

– Ce n'est pas si simple.

– Je m'en doute.

À nouveau, le Formica devient passionnant et Magnolia doit faire claquer ses doigts devant mon visage.

– Nous n'avons pas beaucoup de temps, alors tu ferais bien de balancer tout ce que tu as à me dire.

Je pince mes lèvres jusqu'à ce qu'elles deviennent toutes blanches.

– Il me punira si je lui résiste.

Ses yeux sombres s'élargissent et la rage étincelle en eux.

– Tu veux dire qu'il te fait du mal ? Parce que je n'y survivrai peut-être pas, mais je vais le descendre s'il te fait du mal.

– Pas comme ça, je poursuis à la hâte en secouant la tête. Tu sais… dans le genre… sexuellement.

Magnolia retrouve de justesse son instinct de maman ours.

– Et il te fait aimer ça.

Ce n'est pas une question, mais j'y réponds tout de même.

– Je n'y peux rien. C'est…

Je plonge ma tête entre mes mains.

– C'est trop intense. Il a une façon de me rendre complètement dingue, j'ai envie de le tuer et ensuite je perds la boule.

Je regarde fixement le plafond en lui faisant mon ultime confession.

– Je l'ai supplié de me sauter la nuit dernière.

Magnolia ne me répond que par le silence, jusqu'à ce que je croise à nouveau son regard.

– Il n'y a pas de règles, pas de bien ni de mal, et pas de honte concernant ce qui se passe entre un homme et une femme si tous deux y trouvent du plaisir. Alors, ne sois pas trop exigeante avec toi-même. Ce n'est pas parce qu'il est branché par le contrôle que c'est un monstre. Plein de mecs aiment ce genre de conneries.

Elle fait une pause.

– Mais il faut quand même que tu sois très maligne, ma belle, et nous savons toutes deux que tu as tout ce qu'il faut en magasin.

Je suis sur le point de lui dire qu'elle se trompe, parce que j'ai l'impression de devenir débile dès qu'il s'agit de Mount, mais je n'en ai pas le temps. La porte du restaurant s'ouvre et mon estomac, déjà mal en point, se tord. La Balafre avance en traînant les pieds sans s'arrêter avant d'être à quelques centimètres de notre table.

– Je crois qu'il est temps pour toi d'y aller, Ke-Ke, me dit Magnolia.

La Balafre lui lance un regard noir qui me fait craindre pour sa sécurité. Je me lève en faisant claquer mes doigts devant son visage comme Magnolia l'a fait un peu plus tôt devant le mien.

Quand ses yeux se tournent vers moi, ils sont élargis par la surprise. Il n'est pas difficile de se rendre compte que personne ne claque des doigts devant lui.

– Ne songe même pas à t'en prendre à elle. Et tu diras à Mount que s'il le fait, je trouverai le moyen de lui faire regretter d'avoir un jour posé les yeux sur moi.

L'expression de surprise de La Balafre se transforme en quelque chose d'autre. Je ne sais pas s'il se dit que je suis une parfaite idiote pour menacer Mount ainsi, ou quelque chose de complètement différent. Cela ressemblerait plutôt à une certaine forme de respect.

Il me montre la porte de la tête et je m'efforce de conserver mon attitude belliqueuse. Je lui fais les gros yeux avant de regarder Magnolia.

– Il ne m'a jamais adressé la parole. À présent, je suis pratiquement certaine qu'il ne le fera jamais.

Je m'extirpe de la banquette et elle fait de même en poussant La Balafre d'un coup de ses hanches généreuses pour me serrer dans ses bras. Je m'attends à ce qu'elle me dise qu'elle m'aime et de rester aux aguets, mais au lieu de ça, elle chuchote :

– On dit que Mount lui a coupé la langue, parce qu'il avait un jour discuté ses ordres. Prends garde. Mais, plus important encore, sois maligne, Ke-Ke.

Ses paroles me frappent, comme un coup à l'estomac, quand elle me serre fort avant de me relâcher.

– Je t'aime, ma belle.

– Moi aussi, je t'aime.

La Balafre se tourne vers la porte, et je suis pratiquement sûre que s'il pouvait parler, il me dirait :

– Suivez-moi et arrêtez vos conneries.

Mon appréhension grandit à chaque pas qui m'éloigne de Magnolia, je m'approche vers la voiture qui va me livrer à Mount. J'ai désobéi à ses ordres, je me doute que je vais devoir payer pour ça. La Balafre ouvre la portière arrière de la berline et je me glisse à l'intérieur.

Il est inutile de lutter, comme l'a dit Magnolia. Tout ce que je peux faire, c'est être intelligente et renforcer mes défenses.

La cagoule est posée sur le siège arrière. J'ai envie de la lancer à la tête de La Balafre, mais qu'est-ce que ça m'apporterait ? Une nouvelle punition ? Sans aucun doute.

Il met la voiture en marche, mais ne desserre pas le frein.

Il me faut quelques secondes avant de croiser son regard dans le rétroviseur et de comprendre le message, cinq sur cinq. Il ne partira pas avant que j'aie enfilé la cagoule.

– Toi aussi tu es un connard, au cas où tu te poserais la question.

Je ne le dis pas à Mount directement, je considère donc ça comme une échappatoire. Je repousse la cagoule d'une main.

– Je ne vais pas y retourner. Il avait dit six heures, et j'ai encore du boulot. Ramène-moi à la distillerie.

L'expression de La Balafre change, il semble choqué par mes ordres. Il passe en position drive et sort de sa place de stationnement. Je ne sais pas où il va aller.

À ma grande surprise, il me ramène au travail. Intérieurement, je me dis que c'est une victoire, mais je sais que je ne fais que retarder la punition que je vais subir, plus tard.

VINGT-QUATRE

KEIRA

Lorsque je suis déposée par La Balafre dans ma cage ce soir-là, il y a un mot sur le miroir de la salle de bains, impossible à rater.

Prends une douche.

Tu as une heure pour te préparer et t'habiller.

Je suis assez maligne pour savoir quand je peux résister et quand je dois céder, un petit peu. Après mon défi de cet après-midi, je décide qu'il n'y a pas de mal à suivre les ordres. Après une douche rapide, je me dépêche de me préparer dans le temps qui m'est imparti. Je ne me pomponne pas particulièrement, mais ça me prend un temps fou de me sécher les cheveux. Je n'ai pas la moindre idée de l'heure qu'il peut être puisque La Balafre ne m'a pas apporté mon sac, alors je me dépêche autant que je peux. Je me rue dans le dressing où je trouve une robe blanche qui ressemble beaucoup à la noire que je portais tout à l'heure. Lorsque je l'enfile, je ne peux m'empêcher d'avoir l'impression d'être une offrande sacrificielle.

J'attends dans le salon lorsque La Balafre entre, la capuche à la main.

Au moins j'ai réussi à me préparer dans le temps imparti.

La Balafre me soulève, il me fait descendre et monter des escaliers, des tours et des détours, il ne fait aucun doute que je vais être livrée à Mount pour affronter les conséquences de mes actes de cet après-midi. Les avertissements de Magnolia me traversent à nouveau l'esprit, et je me dis que cela en valait la peine.

Quand La Balafre finit par me reposer, j'arrache ma cagoule, immédiatement sur mes gardes. C'est une nouvelle pièce. Tout ici exsude la puissance, sans la moindre subtilité, y compris le bureau massif derrière lequel est assis Mount ainsi que les moniteurs placés devant lui qui glissent en coulissant dans des compartiments secrets. Il regarde derrière mon épaule en direction de La Balafre à qui il fait un signe de tête. J'entends un bruissement derrière moi et, ensuite, le silence.

Je suis à nouveau seule et totalement à sa merci.

Mount ouvre la bouche comme pour parler, mais je le coupe avant qu'il puisse commencer. La meilleure défense, c'est l'attaque, n'est-ce pas ?

– Donc, à présent, tu suis tous mes mouvements ? Tu envoies ton homme de main pour me récupérer dès l'instant où je dépasse les limites ? Je t'ai dit que tu ne pouvais pas tout bousiller dans ma vie, et je le pensais.

La noirceur qui est presque toujours présente dans son regard prend plus de profondeur encore.

– Je n'arrive pas à savoir si tu es stupide ou simplement assez téméraire pour oser me défier ainsi.

– Alors, que vas-tu faire ? Me tuer ?

Mais dès que la question jaillit de ma bouche, je regrette de lui avoir donné cette idée.

Les yeux sombres de Mount se rétrécissent, mais un sourire glacé s'épanouit sur son visage.

– Non, mais je vais m'assurer que dorénavant tu y réfléchisses à deux fois avant de me désobéir.

– Tu…

Il lève le menton comme pour me défier d'oser poursuivre l'insulte que j'allais lui lancer, et je ferme la bouche. Mes dents se referment sur ma langue pour la retenir.

– Viens ici.

Je déglutis, parce que je n'ai pas envie du tout de passer derrière ce bureau, mais quelque chose dans son regard me prévient que ce serait une très mauvaise idée de lui désobéir. Mes talons aiguilles, dont je suppose qu'il les a choisis lui-même, claquent sur le parquet pendant que je contourne le bureau. Je n'ai fait que la moitié du chemin, Mount se lève de son lourd fauteuil de cuir et m'arrête en m'attrapant par la taille pour me soulever sur son bureau.

A-t-il planifié ça à l'avance ? L'inquiétude que j'ai ressentie au restaurant n'a rien à voir, comparée à ce sentiment terrifiant.

– Qu'est-ce que tu fais ?

– Ne me force pas à te bâillonner en plus.

En plus ? Sa main puissante atterrit sur mes seins, il appuie dessus jusqu'à ce que je sois allongée à plat sur le bureau, mes genoux pendant dans le vide. Mes talons aiguilles tombent de mes pieds, l'un après l'autre, sur le sol.

– Mount…

Une véritable panique m'envahit lorsque je prononce son nom.

– Tu me fais confiance, Keira ?

Il m'a déjà posé la question et la réponse n'a pas changé.

– Non.

Il a un sourire carnassier

– Tu as probablement raison.

Il s'accroupit entre mes jambes, et je m'attends à sentir l'air frais chatouiller ma peau quand il remontera ma robe, mais au lieu de ça, il attache quelque chose de doux autour de ma cheville qui la maintient au pied du bureau.

– Mais qu'est-ce que…

Avant que je puisse réagir, il fait subir le même traitement à mon autre cheville, mais du côté opposé, ce qui rend mes jambes vulnérables, dans une position de grand écart. Je tire sur les liens, mais ils sont aussi inflexibles que l'homme qui se dresse devant moi.

– Arrête.

Je ne bouge plus.

– Tu vois, tu es capable d'obéir. Donc, je ne vais pas te menotter.

Ses pouces se posent sur mes chevilles, juste au-dessus des boucles, et glissent le long de l'intérieur de mes jambes jusqu'à ce qu'ils atteignent mes cuisses. Il écarte ses doigts qui encerclent mes jambes et repoussent ma robe, centimètre par centimètre, jusqu'à ce que mon string soit dégagé.

– Tu as peur, Keira ?

Une part de moi est totalement paniquée, mais l'autre, celle qui est clairement dingue, est responsable de l'humidité qui s'accumule déjà entre mes cuisses. Je n'ai essayé ça qu'une seule fois, mais je chasse cette pensée de mon esprit. Je ne veux plus me rappeler cette nuit de Mardi Gras complètement dingue à cause de toutes les déceptions qui s'en sont ensuivies. Mount a un pouce posé exactement sur ma vulve, et je réalise qu'il attend une réponse.

– Oui.

Je force le mot à passer mes lèvres et son sourire se fait victorieux.

– Tu devrais avoir peur. Mais tu es une petite menteuse. Je vais te le prouver.

Il tire d'un coup sur le tissu de mon string qui est de plus en plus trempé à chacun de ses mouvements.

– Tu mouilles déjà pour moi. Tu aimes ça. Être à ma merci. Sans savoir ce que je vais te faire. Je pourrais te mettre un doigt, te bouffer la chatte ou te baiser. Ou les trois.

Mes cuisses tentent de se refermer, mais les liens de mes chevilles les en empêchent. Mount ne rate pas le mouvement réflexe de mes muscles.

– Tu es une vraie petite cochonne du sexe, Keira. Mais je l'ai toujours su.

– Comment ?

Ma question est hésitante. Au lieu de répondre, il utilise son autre main pour m'arracher mon string.

– Je m'étais juré de ne pas goûter à cette chatte, de ne pas te faire ce plaisir avant d'avoir enfoncé ma queue dans ta bouche, mais tu m'as déjà fait enfreindre plusieurs de mes règles ce soir.

Un frisson parcourt mon corps alors que son nez remonte à l'intérieur de ma cuisse. Il respire mon parfum, puis referme sa bouche sur mon sexe et se met à me dévorer. Il titille mon trou d'un doigt, je me liquéfie de plus en plus, il l'enfonce enfin, tout en suçant vigoureusement mon clitoris. Il change son plan pour attaquer un jeu simple : faire jouir Keira immédiatement, qui me procure une vague de plaisir intense. Mon dos se soulève du bureau, j'attrape ses cheveux sans savoir vraiment si je veux le repousser ou le retenir entre mes jambes pour pouvoir ressentir cette sensation intense, encore et encore. Dès que mes doigts plongent dans ses cheveux, il lève la tête en la secouant.

– Tu ne peux donc vraiment pas obéir aux ordres.

Il se relève, fait le tour du bureau et m'attrape les mains.

– Que…

– Tu verras…

Il enserre mes poignets dans des manchons en cuir rembourrés, reliés à une chaîne compliquée.

Mount repousse mon dos contre le bureau et guide mes mains liées derrière ma tête pour les attacher à un crochet, quelque part derrière moi. Il se met à détailler mon corps comme si c'était un festin étalé sur son bureau, prêt à être dévoré.

À présent, je comprends la signification de la robe blanche. J'ai vraiment l'impression d'être une offrande sacrificielle.

– Je vais pouvoir te bouffer le con bien tranquillement, tu ne peux plus m'en empêcher.

– Si c'est comme ça que tu me tortures à coups d'orgasmes, ça me va.

Dès que j'ai dit cela, une partie de moi veut ravaler ces mots, mais ça me donne une sensation de pouvoir. Comme si, d'une certaine manière, j'accordais à Mount ce privilège. Peut-être bien que mon cerveau part vraiment en vrille, parce que le sourire qu'il arbore, sûr de lui mais discret, me fait désirer une seule chose : qu'il reprenne là où il s'est interrompu. Il secoue lentement la tête comme s'il ne savait pas quoi faire de moi, et cela renforce le semblant de volonté auquel je me raccroche.

Quand il s'accroupit à nouveau entre mes jambes et masse mon clito du bout du doigt, je me tords, mes hanches tressautent pour augmenter la pression, déterminée que je suis à contrôler la situation autant qu'il est possible de le faire dans ma position. J'ai beau être ligotée, je ne me sens plus impuissante.

Mount suce mon clito et le mordille juste assez fort pour qu'une secousse de plaisir mêlé d'un soupçon de douleur m'envahisse. Quand il desserre les dents, une légère piqûre persiste, mais ce n'est pas de la douleur. C'est... plus compliqué que ça. S'il recommence, je vais jouir dans la seconde qui suit. Il lèche ma chatte avant de passer sa langue sur mon clito et de le mordiller à nouveau, et je me mets à gémir en secouant la tête.

Je proteste quand sa bouche recule et qu'il recommence à me masturber avec son doigt.

– Tu adores ça. La morsure de la douleur mêlée à ton plaisir. La pression sur ton clito qui t'envoie systématiquement au ciel. Que dirais-tu si je pouvais te maintenir dans cet état en permanence ? Prête à jouir à tout moment ?

Je déglutis en me demandant où nous entraîne son cerveau diabolique.

– De quoi parles-tu ?

– D'une expérience.

Il se dirige sur le côté du bureau et attrape un paquet. Je lève la tête autant que me le permettent mes bras ligotés pour voir ce qu'il fait. J'aperçois un éclair argenté.

– Qu'est-ce que c'est ?

– Tu vas voir. Ou sentir, plutôt.

Le métal froid traverse mon intimité brûlante, et je comprends ce que c'est. Une sorte de pince.

– Voyons voir à quel point tu aimes ça.

Il la referme doucement sur mon clitoris turgescent, et je me cambre à nouveau sur ce bureau. La pression disparaît aussi vite qu'elle était apparue. Je veux que ça recommence. Magnolia m'a dit qu'il n'y avait pas à avoir honte si nous étions tous les deux consentants, et aussi bizarre que ce soit, je veux qu'il continue.

– Je pourrais te faire porter une pince vingt-quatre heures sur vingt-quatre pour que tu te souviennes de ne pas désobéir, mais ce ne serait ni sain ni sûr.

C'est bien la dernière chose à laquelle je m'attendais. Je ne sais pas quoi lui répondre. Mais quand la pression recommence, je suis à la limite de l'orgasme. Il s'interrompt encore une fois.

– Mais il existe une autre possibilité, que je crois que tu adorerais. Et moi aussi.

Je ne sais pas de quoi il parle, mais je suis tellement prête à jouir que je ne peux plus réfléchir.

– Je t'en prie.

– Tu veux jouir ?

– Oui !

– Alors, dis-moi que tu veux te faire poser un piercing sur ce joli petit bouton de rose, pour que le bijou te frotte le clito à chaque mouvement que tu feras, que ça te fasse mouiller et que tu sois toute prête pour moi.

Ses paroles traversent la brume de désir dans ma tête et me ramènent à la réalité.

– Quoi ?

– Un piercing du clitoris. Cela intensifiera tes sensations. Certaines femmes prétendent même que cela déclenche des orgasmes spontanés.

Je reste bouche bée, mais pas à cause de ce qu'il imagine. Mais comment fait-il pour s'immiscer dans mes pensées ?

Cela fait des années que je songe à me faire poser un piercing à cet endroit, j'ai même failli le faire juste avant de rencontrer Brett. Je lui en ai parlé une fois, mais il avait rejeté cette idée qu'il trouvait stupide. Je ne l'ai pas oubliée pour autant et j'ai continué à me demander ce que ça pourrait bien faire. Mes hanches remuent d'un côté à l'autre, pendant que Mount m'examine comme s'il pouvait comprendre la moindre de mes réactions.

– Tu l'as déjà fait ?

C'est une question, une des rares qu'il m'ait posées jusqu'ici.

– Non.

– Mais tu en as eu envie.

Je me mords les lèvres, je ne veux pas l'admettre.

Mount n'a pas besoin d'entendre ma confession, il la lit sur mon visage. Cette fois, je suis comme en état de choc.

– Quoi ?

– J'ai juré de garder cette chatte pour moi, mais je veux que tu portes le bijou que j'ai choisi. Une émeraude. Chaque fois que j'écarterai tes jambes, je veux la voir briller comme tes yeux.

Sa langue fait des cercles autour de mon clito, le titillant et le testant, avant de le mordiller et de le pincer. Mes hanches se pressent contre sa bouche, mais il recule à nouveau.

– Dis-moi que tu en as envie.

– J'ai envie de jouir, je réponds à la place.

– Pas avant que tu admettes que tu veux ce piercing. Que tu veux le sentir entre tes cuisses, et qu'à chaque mouvement que tu feras, tu penseras à moi, même si ton con ou ton cul n'est pas rempli.

Son doigt caresse paresseusement l'entrée de mon vagin, puis le pénètre jusqu'à la première articulation, jusqu'à ce que j'aie envie de crier. J'arrive à garder le silence pendant encore quatre-vingt-dix secondes. Je les compte mentalement, mais je ne peux me retenir plus longtemps.

– Laisse-moi jouir, c'est tout.

Son doigt plonge plus profondément. Cette fois, il me masturbe.

– Pas avant que tu me dises que tu veux le faire. Je le lis sur ton visage, Mais j'ai besoin de l'entendre de ces lèvres tellement bandantes.

À cet instant précis, je suis sur le point d'accepter tout ce que ce fils de pute manipulateur me demande, mais en plus, c'est quelque chose dont j'ai secrètement envie depuis des années. Qu'est-ce que j'ai à perdre ?

– Très bien. Oui. Je le veux. Maintenant, fais-moi jouir.

Fidèle à sa parole, Mount se remet à me dévorer avec ses lèvres, ses dents, sa langue, ses doigts qui m'envoient au septième ciel en un temps record. Dès que l'orgasme me submerge, comme une sorte de magie vaudoue, il se relève et baisse ma robe.

– Ne dis pas que je ne t'ai pas accordé ce que tu désirais.

Il sort son téléphone de sa poche et tape sur l'écran. Il se met à discuter en marchant, alors que je suis toujours attachée au bureau.

– J'ai besoin d'un perceur. Ce soir. Une femme.

Mount marque une pause.

– Ouais. Ça conviendra. Assurez-vous qu'elle sait ce qui lui arrivera si elle parle. Faites-la venir dans quinze minutes avec son matériel et un bijou en or et en émeraude.

Une autre pause.

– Débrouillez-vous.

Il raccroche. La réalité de ce que je viens d'accepter me saute au visage.

– On va vraiment le faire ? Ce soir ?

Mount se tourne vers moi.

– Tu penses que je vais te laisser une chance de changer d'avis ? Tu en as envie. Je suis prêt à parier que ça fait des années que tu en as envie.

Il penche la tête de côté, comme s'il essayait de lire mes pensées.

– Pourquoi ne l'as-tu pas fait ? Tu fais toujours ce que tu veux, d'habitude.

Je ne réponds pas, mais il fait une supposition sans doute vraie.

– Bon, eh bien à présent, tu n'as plus de problème. Je trouve ça super-excitant, j'ai vraiment hâte de te voir avec ce piercing.

Je tire sur mes liens.

– Est-ce que… tu vas me laisser comme ça quand elle va arriver ?

Je l'ai entendu demander une femme et je lui en suis reconnaissante.

– Tu seras sage si je te détache ?

– Je déteste que tu dises ça. Tu me fais passer pour une môme.

Il se baisse pour atteindre la boucle qui enserre une de mes chevilles avant de reformuler sa question.

– Vas-tu me faire regretter de ne pas t'avoir bâillonnée et de t'avoir déliée ? Parce que tes réactions dans l'heure qui va suivre t'affecteront toi, mais quelqu'un d'autre aussi.

J'écoute les battements de mon cœur quelques instants avant de répondre.

– Tu n'as rien à craindre.

Devant cette réponse, il éclate de rire et libère une de mes chevilles, puis l'autre, avant de se déplacer pour délier mes poignets.

– Qu'est-ce que ça a de drôle ?

– Un jour, je te le dirai.

Je referme les jambes, bien consciente que je vais devoir à nouveau les écarter mais cette fois à une étrangère, avec une aiguille. Je vais finalement avoir ce piercing licencieux dont j'ai envie depuis la fac, mais que je n'ai pas eu le courage de me faire poser. C'est donc ça que fait Mount ? Il me pousse hors de ma zone de confort ?

Sans aucun doute.

Et j'aime ça.

Quinze minutes plus tard, on frappe à la porte.

– Entrez, répond Mount.

L'étagère tourne sur elle-même et La Balafre entre, escorté par une femme qui ne m'est pas inconnue.

– Delilah ?

Elle écarquille les yeux.

– Putain de merde ! Je ne m'attendais vraiment pas à ça.

– Et vous avez intérêt à le garder pour vous, lui lance Mount d'un ton menaçant.

Delilah me regarde, puis le regarde, lui. Tout à coup, elle se fige.

– Je ne le ferai que si elle est d'accord. Si vous essayez de la forcer, il faudra que vous trouviez quelqu'un d'autre.

Le visage de Mount se transforme en granit et je me demande si je suis la seule à percevoir l'autre personne en lui. Ce que Magnolia m'a dit cet après-midi m'incite à le croire, mais je ne sais pas encore quoi faire de cette découverte.

– Vous voulez vivre jusqu'à demain matin ? lui demande Mount.

Delilah se mord les lèvres. Il est hors de question que je le laisse lui faire du mal. Pour la première fois, je fais attention au ton de ma voix en m'adressant à lui, je tiens compte du fait qu'il n'est pas le même quand il y a quelqu'un d'autre dans la pièce.

– C'est une amie. Tout va bien.

Je tends la main et je l'attrape par la manche de sa veste en lui imprimant une très légère pression.

Le regard de Mount se fixe sur l'endroit que je touche avant de plonger dans le mien, avec une intensité nouvelle.

– Elle ne dira rien, dis-je calmement.

Le poids de son silence manque nous écraser tous. Finalement, il lance :

– Alors, il n'y a pas de problème.

Quand je lâche son bras, il replie ses doigts avant de serrer ses poings. Il les rouvre une seconde plus tard pour les plonger dans les poches de son pantalon.

Je traverse la pièce pour rejoindre Delilah. Elle est tendue, comme si elle se préparait à fuir en courant, et je ne peux pas lui en vouloir. Le Mount auquel elle doit faire face est le bâtard sans pitié que tout le monde connaît.

– Je veux le faire, je lui dis.

– Tu es sûre ?

– Oui.

– Tu as bu ?

– Plus de questions ! aboie Mount.

Delilah lui jette un court regard, avant de me fixer à nouveau.

– C'est important pour les éventuels problèmes d'hémorragie.

Je lui réponds.

– Je suis complètement sobre.

Elle me lance un regard qui signifie, tu es peut-être sobre mais il y a quelque chose qui cloche ici.

Delilah n'a pas tort.

– Très bien. Allons-y, dit-elle en hochant la tête

La Balafre lui tend sa trousse. Jusqu'ici, je n'avais pas remarqué que c'était lui qui la portait. Puis il quitte la pièce.

Je me rallonge sur le bureau de Mount, cette fois-ci de mon plein gré. C'est ça, ou bien je perds la boule. Mais ça pourrait bien être les deux à la fois, franchement.

Delilah me désinfecte, me prépare et, quelques minutes plus tard, tout est prêt. Mount se tient à mes côtés derrière le bureau.

Quand je vois la longue et grosse aiguille qui va traverser une partie tellement sensible de mon intimité, avec le bijou enfilé à une extrémité, je commence à douter de ma décision.

– Respire profondément avec moi, me dit Delilah, comme si nous étions installées au *Voodoo Ink* et que ceci n'était pas une commande dingue pour une prestation à domicile. C'est loin d'être aussi douloureux que ce que tu crois. Je te le jure.

Je respire comme elle me dit de le faire, mais je meurs de trouille.

– Ok, dit Delilah. Je vais te demander de prendre une profonde inspiration par le nez puis de souffler par la bouche, et ce sera fini avant même que tu t'en rendes compte. Inspire profondément, m'ordonne-t-elle. (Ma main agrippe les doigts de Mount.) Maintenant, expire.

Je le fais en serrant sa main. Il fait pareil. Effectivement, la sensation de piqûre est là, puis elle disparaît en un instant.

– C'est quasiment terminé, me félicite Delilah. Laisse-moi juste dévisser ça et refermer le bijou, et tu pourras y aller.

Je relâche la main de Mount, mais pas lui. Je me dis que c'est parce que mes poumons se gonflent à un rythme susceptible de me provoquer une hyperventilation. Après quelques gestes efficaces, Delilah se lève et ôte ses gants en latex. Mount relâche immédiatement ma main.

– Et voilà. Je peux te laisser des instructions pour la suite, mais le truc, c'est…

Elle fixe Mount un instant, avant de revenir vers moi.

– Il va falloir y aller doucement pendant quelques jours. Ce sera complètement cicatrisé dans une semaine, mais… fais attention pendant quelques jours. Tu te rendras compte si tu exagères. Et tu sais aussi où me trouver si tu as le moindre problème, ou la moindre question.

Je rabaisse ma robe et je ferme les jambes.

– Merci. Tu es franchement douée.

Delilah hausse les épaules.

– Je passe mon temps à faire des piercings, mais celui-ci est assez facile. Bien moins douloureux que les tétons.

Mon regard glisse sur Mount, espérant que cela ne lui donne pas d'idées. J'aime bien mes seins tels qu'ils sont.

– Non, merci, dis-je avec véhémence. Je ne veux pas les percer.

– Bon.

Elle regarde en direction du panneau qui cache la porte dérobée par laquelle elle est entrée.

– Et maintenant, comment diable est-ce que je fais pour sortir d'ici ?

VINGT-CINQ

KEIRA

Après le départ de Delilah, Mount me raccompagne à ma chambre. C'est la première fois que j'ai le droit de traverser les innombrables passages secrets et les escaliers sans avoir les yeux bandés. Quoi qu'il en soit, mon attention se concentre surtout sur cette nouvelle sensation dans mon entrejambe. À chaque pas, mon clito semble enfler et mon corps réagit.

Les orgasmes spontanés, ce n'est pas possible, n'est-ce pas ?

Je repousse cette idée et je pense à autre chose. Au fait que quelque chose a changé quand Delilah m'a percée dans le bureau de Mount.

Pour la première fois, je l'ai touché volontairement, et je sais que Mount l'a remarqué. C'est peut-être pour ça que j'ai le privilège de pouvoir voir où se trouve ma chambre au sein de ce que je pense être le sanctuaire secret de Mount.

Je me rends assez vite compte qu'il ne s'agit pas d'un bâtiment mais de plusieurs, reliés par des couloirs et des escaliers édifiés au moins cent ans avant ma naissance. Ce que j'imagine ? Nous sommes quelque part dans le Quartier Français. Lorsque nous traversons une cour ouverte, je peux entendre de la musique au loin.

Ce qui signifie que le ou les bâtiments sont probablement insonorisés. C'est bon à savoir. J'aperçois également un énorme portail en fer forgé à l'arrière de la cour et les feux arrière d'une voiture qui passe dans une allée ou une rue.

– Je ne vais pas te baiser ce soir, sauf si tu penses que ton cul est prêt après avoir porté ce plug toute la matinée.

La pensée de cette voiture et de la porte s'évanouit pendant que je tourne la tête vers Mount.

– Euh... ce sera un non franc et massif, chef.

Il part d'un grand éclat de rire pendant qu'il m'entraîne à travers un autre bâtiment dans lequel est située ma chambre, je pense. Nous grimpons encore deux étages avant d'arriver dans une enfilade de pièces.

– Alors, nous avons intérêt à poursuivre ton entraînement. Va aux toilettes si tu en as besoin, ensuite je veux que tu te penches sur le bout du lit, nue et prête.

– Quoi ?

Je semble choquée, mais il faut dire que la nuit a déjà été assez éprouvante.

– Comment vais-je pouvoir élargir ton cul sans te poser un plus gros plug ?

– Ça fait juste un jour ! C'est tout un processus. Ça peut prendre des semaines.

Il baisse le bras et saisit son sexe qui tend le tissu de son pantalon de costume.

– Tu as trois jours. Et je suis généreux. Maintenant, avance.

Son ton, plus doux que dans la pièce en présence de Dalilah, est pourtant sans appel. Et moi qui pensais que quelque chose avait changé. Apparemment, j'avais tort. Je fais mes petites affaires dans la salle de bains en retenant mon souffle lorsque mon nouveau bijou touche mon clitoris, ce qui m'envoie une décharge de plaisir. Oh, mon Dieu ! Peut-être que cette histoire sur les orgasmes spontanés est vraie ? Ça m'irait bien.

Je sors de la salle de bains pour découvrir Mount debout, avec une autre boîte dans une main et le lubrifiant dans l'autre.

– Plus tu attends, moins tu vas aimer.

Je me mords les lèvres, je suis déjà excitée par le nouveau piercing, mais également par ce qui s'est passé avant. Je me penche au pied du lit en réalisant pour la première fois qu'il est à la hauteur idéale pour qu'il me saute dans cette position.

Je me demande si c'est intentionnel.

– C'est bien. Soulève ta robe et montre-moi ton cul de pêche bien mûre.

Ses grossièretés m'atteignent à chaque fois. Je me soumets, parce que je ne peux pas lui refuser.

Cela n'a aucun sens, mais c'est ce que je ressens en me tortillant sur le lit en heurtant le nouveau bijou, ce qui déclenche des vagues de plaisir qui irradient de mon clitoris au reste de mon corps.

– Merde, je ne sais pas ce qui m'excite le plus. Quand tu te rebelles ou quand tu obéis.

Sa paume caresse mes fesses avec un quasi-respect.

– J'ai une envie folle de te baiser. Je ne le ferai pas, mais une chose est sûre, je n'attendrai pas ce petit con toute une semaine.

Une giclée froide de lubrifiant coule le long de ma raie des fesses, et Mount l'étale autour de mon anus. Maintenant que je sais ce qui m'attend, j'essaie de me détendre. Je ne peux pas dire que je n'ai pas aimé ça, plus tôt dans la journée, alors même que je voulais le détester. Il recouvre mon sphincter de lubrifiant, pousse dessus avec son doigt jusqu'à ce qu'il cède un peu.

– Ce n'est plus un territoire complètement vierge, mais ce ne sera officiel que lorsque ma bite sera enfoncée dans ce trou étroit.

Son doigt recouvert de lubrifiant glisse jusqu'au second sphincter, et je résiste à l'envie de le repousser.

– Après ce plug, tu pourras avec deux doigts et je t'élargirai encore. À la fin, tu seras à la bonne taille et tu adoreras ça.

Je le crois, et cela m'inquiète bien plus que n'importe plug anal. Il retire son doigt et lubrifie le plug, puis le presse contre moi.

– Appuie ta chatte contre le matelas et recule-la quand je ferai glisser le plug. Il est plus gros, mais pas autant que ma queue.

Je m'exécute. Sous la pression exercée sur mon nouveau bijou, mon clitoris lance un torrent d'étincelles lorsqu'il enfonce le plug et qu'il me baise lentement avec.

– Ma petite trublionne finit par se comporter en gentille fille. Tu finis par accepter ce que je te donne. Tu me laisses baiser ton cul. Percer ton clito. T'allonger sur mes genoux.

Ses paroles me font hurler de plaisir. Mes propres cris couvrent presque sa voix, mais je comprends quand même ce qu'il dit.

– Putain de Dieu, j'ai tellement envie de toi, mais…

Il s'interrompt et insère le plug dans une dernière poussée. Je pousse un petit gémissement, Mount rabaisse ma robe et il est déjà à la porte de ma chambre avant que j'aie le temps de me relever.

Tout ce que j'aperçois, c'est son costume parfaitement coupé qui se tend sur ses larges épaules quand il avance, mais il ne sort pas en silence comme d'habitude. Cette fois, la porte claque et je reste là, plus confuse que jamais.

Un nouveau picotement se fait sentir entre mes cuisses. Ce n'est pas à cause de mes divers accessoires mais d'un homme très spécial que je n'ai pas envie d'envoyer au diable, pour la première fois depuis que tout ceci a commencé.

VINGT-SIX

KEIRA

Mount ne m'attend pas dans ma chambre le lendemain matin, comme une partie de moi l'espérait.

Je retire le plug toute seule. Il n'y a pas d'autre boîte qui m'attend. Mais il y a pourtant une autre tenue. Cette fois, c'est un chemisier blanc et une jupe plissée taille haute, avec une chaîne en or en guise de ceinture. Le soutien-gorge est en dentelle blanche. Il semble qu'il ne sera pas vraiment efficace pour protéger mes tétons, car le piercing me rend beaucoup sensible que d'habitude. Il y a une culotte assortie qui frotte constamment sur le bijou et me rend dingue, de la meilleure façon qui soit. Quant aux escarpins vernis noirs, ce sont les plus hauts que j'ai jamais portés. Ils arborent également la célèbre semelle rouge que j'ai toujours convoitée sans pouvoir me l'offrir.

Quand j'y glisse mes pieds, je ne peux m'empêcher de regarder de quoi j'ai l'air dans le miroir en pied du dressing. J'ai la classe. Même moi, je le reconnais.

J'avale le petit déjeuner qui m'attend au salon, mais Mount n'apparaît toujours pas. J'attends La Balafre. Après ma balade de la nuit dernière, tête nue, j'espère qu'il n'y aura plus de cagoule.

Je me trompe.

Mais je ne sais pourquoi, je trouve cela encore plus insultant qu'auparavant. Alors que j'entre dans la distillerie, je me promets qu'aujourd'hui je vais me concentrer sur les affaires, et rien d'autre. Je n'y parviens pas vraiment. J'attends un autre texto d'un numéro inconnu. Rien. Pas de livraison de repas ? Pas de mot. Un silence total, presque comme si Mount avait disparu en me laissant pour seul souvenir un piercing clitoridien. C'est bon signe, me dis-je, même si je commence à avoir peur qu'il se soit passé quelque chose de grave. J'aide Tempérance à mettre au point les derniers détails de la soirée football et je règle presque tous les points de ma liste de choses à faire, ce qui m'a été quasi impossible depuis des mois.

– Tu bosses comme une bête aujourd'hui, chef. C'est du beau boulot.

Je lance un sourire à mon assistante qui sort de mon bureau.

– Je travaille toujours comme une bête.

Alors que je suis sur le point de terminer une dernière tâche avant de boucler ma journée, Tempérance refait irruption dans mon bureau sans frapper.

– Putain de merde. Tu as vu les nouvelles ?

– Non, qu'est-ce qui se passe ? Quelqu'un a été arrêté ?

Son visage, déjà pâle, perd le peu de couleur qui lui restait.

– Non. Ils ont retrouvé le cadavre de Lloyd Bunt cet après-midi.

Tout se fige en moi, à l'exception du sang qui tape dans mes tempes et qui pulse dans mes oreilles.

– Qu'est-ce que tu dis ?

– Lloyd Bunt. Il est mort. Ils disent que c'est un suicide ou un meurtre. Ils ne savent pas encore. Mais il n'était pas seul.

Je serre les bras de mon fauteuil.

– Qui était avec lui ?

– Une pute. On suppose que la cause de sa mort à elle était une auto-asphyxie érotique.

Lloyd Bunt. Un meurtre. Ou un suicide. Avec une pute morte. Les faits s'entrechoquent dans ma tête comme des voitures qui entrent en collision.

– C'est horrible.

Ma voix tremble et je le pense réellement. Il y a à peine quelques minutes, alors que je remettais les documents de mon prêt à leur place dans le tiroir, je me disais que j'avais de la chance qu'il ne m'ait pas appelée aujourd'hui.

Maintenant, je sais pourquoi.

Ou à cause de qui.

– Il faut que j'y aille.

J'attrape mon sac et mon trench-coat.

Je bouscule Tempérance en me ruant à l'extérieur. La Balafre attend devant l'entrée, avec la voiture.

J'ouvre violemment la portière arrière, sans attendre qu'il le fasse pour moi. J'ordonne :

– Emmène-moi à lui.

La Balafre croise mon regard dans le rétroviseur et hoche la tête en me tendant la cagoule.

Je ne dis rien, je l'enfile parce que je dois voir Mount sur-le-champ. Nous prenons l'habituel et, selon moi, ridiculement inefficace chemin du retour. Je ne me débats pas lorsque La Balafre me porte jusqu'à mon salon.

Ma prison.

Que je ne peux quitter que pour aller travailler.

Tout cela me paraît complètement, totalement grave, si ce que je suppose est vrai.

Mount n'est pas seulement sans pitié. C'est un psychopathe.

Je fais les cent pas, jusqu'à ce qu'il finisse par arriver après ce qui m'a semblé être une éternité.

Je n'attends pas qu'il ouvre la bouche pour lui balancer la question qui me taraude.

– C'est toi qui as fait ça ?

Son expression, déjà fermée, ne change pas.

– Quoi ?

– Tu l'as tué ?

Mount hausse un sourcil plein de dédain.

– Tu vas devoir être plus précise.

– Lloyd Bunt. Mon banquier.

– Celui qui a tenté de te forcer à avoir une relation sexuelle avec lui hier ? demande Mount.

Je reste sans voix. Je ne peux pas être responsable de la mort de Lloyd. C'est impossible.

Je donne une réponse différente à Mount.

– Ce n'était pas ça. Il voulait juste qu'on dîne ensemble. Un rendez-vous.

– Et il aurait insisté pour en obtenir plus. Il aurait menacé ta précieuse distillerie jusqu'à ce qu'il obtienne ce qu'il voulait. Te baiser.

L'affirmation de Mount est violente, et la colère me monte au nez.

– Dis-moi en quoi c'est différent de ce que toi, tu as fait ?

Je lui balance ça comme un coup de couteau. Son air impassible disparaît, ses yeux se mettent à lancer des éclairs.

– J'ai été parfaitement honnête sur ce que je voulais : toi, en échange de ta dette. Pas de baratin. Lloyd Bunt ne pouvait pas effacer ta dette. Il n'avait pas le moindre début de semblant de pouvoir réel.

– Mais… je commence à argumenter.

Mount m'interrompt.

– Et il y a une autre différence de taille.

– Quoi ?

– Tu ne le désirais pas.

Mes épaules se tendent.

– Et tu penses que je te désirais ?

– Je le sais, que tu te l'avoues ou pas.

– Espèce de connard arrogant…

Quand Mount s'avance, je lève une main comme si je pouvais l'arrêter.

– Ne me touche plus. Plus jamais.

Ma main ne l'aurait sans doute pas arrêté, mais mes paroles le font. Elles l'arrêtent net. Et quand je dis net, c'est net. L'expression de Mount se fige, le masque de granit qu'il n'arbore jamais avec moi réapparaît, et il fait demi-tour pour sortir.

– Tu l'as tué, n'est-ce pas ? Et elle aussi !

Encore une fois, Mount ignore ma question et claque la porte en sortant.

VINGT-SEPT

KEIRA

Dès que la porte se referme, je cours attraper mon sac et mon téléphone. Je n'ai aucune réception ni aucune connexion internet, toutes deux doivent être contrôlées par Mount. J'attends deux minutes avant d'aller à la porte et de tourner la poignée.

Elle tourne.

Dans son courroux, le tout-puissant Mount a oublié la chose la plus importante : vous ne pouvez pas garder une prisonnière dans une cellule qui n'est pas verrouillée.

J'avance dans le couloir, remontant le chemin que nous avons pris, jusqu'à atteindre la cour. Les couloirs sont silencieux et vides, et je me fiche pas mal que les caméras me suivent. Mon but, c'est d'être sortie avant qu'il puisse me rattraper. Je ne sais pas si c'est par l'opération du Saint-Esprit, ou si tout d'un coup le sort joue en ma faveur, mais la porte de la cour est fermée par un double verrou de l'intérieur, pas par une clé.

À l'instant où je foule le trottoir défoncé d'un pâté de maisons qui m'est familier, dans le Quartier Français, je respire ma première bouffée de liberté, mais je sais que je ne peux pas perdre de temps à la savourer. Je descends la rue en courant jusqu'à un endroit où je sais qu'il y aura des taxis, en m'attendant à tout moment à ce que Mount ou La Balafre me rattrapent.

Ils ne le font pas, probablement trop occupés à maquiller ce qui pourrait les relier à ce double homicide.

Je me jette dans le premier taxi venu et je donne l'adresse de mon appartement au chauffeur. Je sais que ça paraît stupide, mais je me dis que Mount va penser que je suis trop maligne pour aller là, ce qui me donnera un peu de temps.

Peut-être.

Le chauffeur se débat avec la circulation pendant que je serre dans mon poing les clés de mon appartement, dans mon sac, jusqu'à ce que les angles de métal me tirent les larmes des yeux. Il faut que je garde mon sang-froid, même si j'ai l'impression que tout part en cacahouète. Je ne peux pas aller voir la police, je ne sais pas qui touche des pots-de-vin de Mount. Plus d'un flic, ça, je peux en être sûre.

Les apparences sont trompeuses. Ou peut-être que tout est exactement ce qu'il paraît être. Mount est le méchant. Il m'a manipulée et je suis tombée sous son charme. Fin de l'histoire. Dès que nous arrivons devant chez moi, je jette du liquide au chauffeur et je cours jusqu'à la porte. Là encore, je m'attends à être capturée à tout moment, et Dieu sait ce qu'ils me feront. Je n'ai rien à perdre et tout à gagner à récupérer le pistolet que je garde sous clé dans le tiroir de ma table de nuit. J'aurai un moyen de me défendre, puis je me mettrai à la recherche d'un flic qui ne soit pas acheté par Mount.

Une fois entrée dans mon appartement, je scrute chaque détail de la cuisine américaine et du salon. On ne dirait pas que quelqu'un est entré.

Je cours jusqu'à ma chambre, pour prendre le pistolet et toutes les balles que j'ai laissées dans la boîte de munitions, parce que je sais qu'il va venir me chercher. Alors que je me rue vers la table de nuit, une boîte posée sur mon lit attire mon regard. Une boîte noire. Le même genre que celles qui enfermaient les sex-toys que Mount a utilisés sur moi.

Je l'attrape et je la balance contre le mur à la volée. Je me fiche de la marque qu'elle va y laisser. Je m'attends à ce qu'un vibromasseur ou un plug anal tombe par terre, mais pas du tout.

Ce qui ressemble à de la lingerie et un morceau de papier glisse sur le sol. C'est quoi cette merde ? En regardant machinalement derrière mon épaule, je traverse lentement la pièce et je m'accroupis pour les ramasser.

Je m'attends à découvrir une écriture masculine, celle de Mount, mais c'est une écriture féminine, la mienne, que je lis.

Je me rappelle parfaitement avoir écrit ce mot.

Rejoins-moi au bal masqué dans l'arrière-salle à minuit.

Ne dis rien. Prends-moi, c'est tout.

Lire mes propres mots me fait tomber à genoux. J'attrape le tissu noir. C'est un string que j'avais acheté spécialement pour aller avec le soutien-gorge brodé que je portais sous mon fourreau pour le bal du Mardi Gras.

C'était juste après ma rencontre avec Brett, nous étions encore dans une relation de flirt sexy, qui avait vite tourné à une cour vibrionnante. Nous nous étions mariés le lendemain, en grande partie à cause des événements de cette nuit-là.

Comment Mount pouvait-il avoir ça ?

Un frisson s'insinue le long de ma colonne vertébrale au fur et à mesure que le souvenir de cette nuit-là remonte en moi.

***

Sept mois plus tôt.

Je n'arrivais pas à croire que j'aie fait ça, mais Seigneur, finalement ça m'avait fait du bien de reprendre le contrôle et d'exiger ce que je désirais. Ce dont j'avais besoin. C'était un test, le vrai test, pour voir si Brett serait l'homme qui allait me donner ce que j'avais désiré toute ma vie. Je me suis glissée dans l'alcôve sombre, à l'extérieur du dancing, en espérant qu'il avait reçu mon mot. Sinon, j'allais rentrer à la maison déçue et frustrée sexuellement.

Ce qui est à la base mon état naturel dans la vie, surtout ces derniers temps.

J'ai regardé ma montre, bien qu'elle n'aille pas avec ma tenue, parce que je voulais être certaine de ne pas louper l'heure fatidique de minuit.

J'avais besoin d'un homme qui n'ait pas peur de prendre les choses en main, et je ne savais pas comment être plus claire qu'en l'écrivant noir sur blanc, comme dans mon mot. Autant que je pouvais en juger, cela allait ou passer ou casser entre Brett et moi.

Les deux aiguilles de ma montre indiquaient le chiffre douze. J'ai tourné le long du mur, dans l'alcôve secrète célèbre pour les rendez-vous galants qui s'y déroulaient. Honnêtement, j'ai eu de la chance de la trouver vide. Bon, non, pas la chance. Les gens m'avaient vue faire le pied de grue depuis une demi-heure, ils étaient partis chercher un autre endroit possible. Je voulais ce qu'ils avaient.

Pourquoi était-ce si difficile à demander ?

Des pas lourds ont résonné sur le sol en marbre derrière moi, et je suis restée immobile, le visage contre le mur. Mes tétons se sont dressés comme jamais et j'ai serré les cuisses, dans l'attente. J'étais déjà liquéfiée, prête, tant j'avais fantasmé sur cette nuit qui allait être inoubliable.

Une main s'est refermée sur mon épaule nue, et avant que je puisse me retourner, une autre m'a attrapée par la taille en me poussant vers le mur, avant de me lier les mains avec quelque chose de doux. De la soie ?

Merci, mon Dieu !

Il n'a pas dit un mot, et seul son parfum aux agrumes mélangés à des épices et des notes boisées s'est immiscé dans mes narines, faisant encore croître mon désir. Sa main sur ma taille a attrapé ma robe longue de bal et l'a relevée jusqu'à ce que je sente l'air frais sur mes fesses. Je me suis demandé s'il pouvait discerner les cristaux de mon string dans la pénombre. C'était probablement idiot d'avoir acheté de la lingerie pour l'occasion, mais j'étais une optimiste invétérée.

Il a gémi en agrippant mes fesses et en les serrant violemment, sans la moindre hésitation. C'était juste la domination dont j'avais besoin. Encore une fois, j'ai essayé de tourner la tête, mais il m'en a empêchée en enveloppant ma gorge d'une main et en me poussant contre lui. Son parfum décadent m'enivrait.

Le geste était clair. Il contrôlait les choses et j'étais à sa merci, ce qui était exactement ce que je voulais.

Relâchant ma gorge, il a empoigné mes cheveux et m'a forcée à me pencher plus en avant.

Un pied a glissé entre les miens et j'ai écarté les jambes pour lui.

– Je t'en prie.

La supplique a jailli comme un gémissement qu'il a accueilli par un grognement.

Il a lâché mes cheveux pour glisser sa main entre mes jambes. Mon string était trempé. Mon désir coulait le long de mes cuisses, je n'en avais pas honte. Il a passé un doigt sous la lanière arrière de mon string et l'a fait descendre jusqu'à l'endroit inondé de ma langueur. C'est alors qu'il s'est métamorphosé en barbare, comme je l'espérais. Sa main est remontée jusqu'à l'élastique du haut et il a arraché la délicate dentelle de mes hanches. Le temps pour lui de trouver mon clitoris et de se mettre à le masser en cercles lents, tout en enfonçant son pouce en moi.

– Ahhh.

Lorsqu'il s'est arrêté devant mon gémissement, tout de suite, je l'ai supplié.

– Non. Ne t'arrête pas. S'il te plaît. Baise-moi. Je jure que je vais mourir si je ne te sens pas en moi.

Un grognement de satisfaction m'a répondu et il s'est mis à me baiser avec son doigt, en alternant des gâteries à mon clito jusqu'à ce que je jouisse. Sa main a disparu lorsque le plaisir m'a envahie, mais un instant seulement. La musique qui venait de la salle de bal s'est atténuée, j'écoutais les bruits les plus proches. Une fermeture Éclair. Un crissement lorsqu'il a déchiré l'emballage d'une capote.

Dieu merci, l'un de nous réfléchissait encore, parce que moi j'avais perdu la tête à ce moment-là.

D'une main, il a remonté ma robe dans mon dos et a guidé sa queue avec l'autre. Il l'a posée contre mon intimité luisante, il a plongé en avant et m'a pénétrée d'un seul coup.

J'ai eu le souffle coupé, son membre m'écartelait, presque à m'en faire mal, mais tout ce que je ressentais, c'était du plaisir. Mes gémissements se sont transformés en pleurs, alors il a lâché ma robe et m'a bâillonnée avec sa main, pendant qu'il me baisait encore et encore, plus dur et plus profond à chaque poussée. Un cri menaçait de jaillir de ma bouche, et ma seule possibilité fut de mordre sa main, sans craindre une seconde de lui laisser des marques. Sa bouche s'est posée à l'endroit où mon épaule rejoint mon cou et ses dents se sont plantées dans ma chair, avant de me sucer violemment.

Mon orgasme a explosé à l'instant où il a éloigné ses lèvres, mais il n'a pas arrêté pour autant. Il a ôté sa main de ma bouche et a libéré les miennes de leurs liens. Il en a attrapé une qu'il a déposée sur ma bouche pour me dire de me taire pour qu'il puisse continuer à me branler le clitoris et à me baiser plus fort et plus profond.

Je n'ai pas réussi à taire mon orgasme aussi bien que lui. Je suis presque certaine que le bal tout entier m'a entendue hurler « Oui ! Seigneur ! Oui ! » lorsque j'ai eu un deuxième orgasme. Mes muscles se sont contractés autour de son membre puissant qui s'est mis à décharger en moi. Son orgasme m'a remplie d'une sensation de puissance. C'est moi qui avais fait ça. Et c'était incroyable, putain.

Il s'est retiré, et j'ai perdu l'équilibre en trébuchant sur le côté lorsque j'ai tenté de baisser ma robe. Il m'a rattrapée d'une main par la taille. Je me suis appuyée contre le mur en essayant de retrouver ma respiration. Le sourire qui avait envahi mon visage s'élargissait au fur et à mesure que je me répétais : Ça y est, je l'ai trouvé. L'homme qui pouvait m'offrir tout ce que je désirais. Mais quand je me suis retournée, il avait disparu. La déception m'a d'abord envahie, mais j'ai compris qu'il ne faisait rien d'autre que répondre à mes exigences.

Ne dis rien. Prends-moi, c'est tout.

Et il l'avait fait.

Spectaculairement.

Quand j'ai fait un pas en direction de la sortie, je me suis souvenue de ma culotte trempée. Je n'avais aucune envie de la laisser traîner dernière moi pour que quelqu'un la trouve et spécule sur sa propriétaire. J'ai cherché à tâtons sur le sol en marbre, mais je n'ai rien trouvé.

Bon, bon. De toute façon, je n'aurais jamais pu la porter de nouveau.

J'ai quitté la salle de bal avec un immense sourire sur les lèvres, comme si j'étais la reine de cette mascarade, voilà tout.

Le lendemain, je convainquais Brett de s'enfuir avec moi.

***

Aujourd'hui.

Ce parfum. C'est le même putain de parfum qui flottait dans mon bureau après que Mount m'avait lancé son ultimatum. Et ses mains. La façon dont il me touchait.

Seigneur, j'ai rejoué cette scène du bal masqué si souvent dans ma tête pour m'en sortir, chaque fois que Brett se détournait après seulement quelques coups de boutoir en me laissant pantelante, à me demander ce qui avait bien pu arriver à l'homme qui m'avait prise comme si je lui appartenais cette nuit-là. Toutes ces similitudes… ses gémissements.

Ses grognements. La façon qu'il avait de se servir sans demander pardon. La façon qu'il avait de me baiser comme j'avais besoin de l'être. Je savais déjà que mon mariage était basé sur un tissu de mensonges, mais je n'avais pas réalisé que le fondement même de ma décision d'épouser Brett était, elle aussi, basée sur une tromperie.

Il n'y avait aucun doute, d'une façon ou d'une autre, Mount était tombé sur ce mot et avait décidé de me rejoindre cette nuit-là. Comment savait-il qui j'étais et pourquoi avait-il pris cette décision, je n'en avais pas la moindre idée.

Mais qu'est-ce que ça change ? Rien.

Après ces derniers jours, je sais que je peux jouer de mon corps mieux que n'importe quel homme, un seul excepté.

Le seul concurrent qu'il ait jamais eu, c'était lui-même.

L'enfoiré ! Je le voulais. Cette nuit au bal masqué, et chaque fois qu'il avait posé la main sur moi. Je l'ai supplié. Et pour cela, je le hais encore plus.

Je pourrais le tuer.

Mais je me souviens du masque glacial qui s'est installé sur son visage lorsque je l'ai accusé de meurtre cette nuit, et je sais qu'il faut que je me protège.

Je me tourne vers la lampe de chevet, une pile de documents qui n'était pas là me saute aux yeux. Mon prêt à la banque. Le billet à ordre tamponné « payé » à la date d'hier.

La ligne de crédit. Le billet à terme. Tout. Presque deux millions, c'est la valeur de ma dette en dollars, entièrement payés. Je survole les documents, mon cerveau s'embrume et mon ventre se noue.

C'est Mount qui l'a fait. Aucun doute à ça. Lorsque j'arrive à la dernière feuille de la pile, je trouve le mot manuscrit que je m'attendais à trouver dans la boîte.

À présent, ta dette se monte à plus de deux millions.

Tu m'appartiens. Tu peux te tatouer ça sur le cul juste pour qu'il n'y ait plus aucun doute dans ton esprit.

Le sale connard arrogant. Je vais le tuer. J'ouvre le tiroir de ma table de nuit, mais la boîte fermée à clé dans laquelle je garde mon pistolet a disparu.

C'est Mount.

Quoi qu'il m'arrive dans ma vie, ces derniers temps, la seule réponse, c'est Mount.

Quelqu'un frappe à la porte et je me rue vers l'entrée.

Je vais me battre ou mourir en tentant de résister. C'est comme ça que j'ai commencé toute cette histoire, et c'est comme ça que je vais la terminer. Je tourne les verrous, j'ouvre la porte, mais ce n'est pas Mount.

– Tu m'as manqué, Keira. Il paraît que moi, je ne t'ai pas manqué.

Je cligne des yeux deux fois de suite, incapable de comprendre comment il se fait que mon défunt mari soit là, debout devant moi… Puis tout devient noir.

L'histoire de Mount et Keira continue dans

LA REINE DE PIQUE